微言

WILLSENSE

W

以路之名。

乔 叶 / 著

It's
A
Long Way
to
Go

海燕出版社
·郑州·

目录

Chapter 01 到海里去

- 003　到海里去
- 016　新疆短章
- 028　以路之名
- 042　印江之印
- 053　素琴五弦
- 063　中年崂山

Chapter 02 在他们的旧址上

- 075　在他们的旧址上
- 101　敦煌日记
- 139　南宗孔府记
- 156　全州散记
- 172　石头记

Chapter 03 大地怀姜

- 187　大地怀姜
- 200　小日子
- 219　家常饭
- 257　关于月饼的几个词
- 267　对话,有关椰子和椰树

It's a long way to go

到海里去

Chapter *01*

到海里去

1

虽然是第一次来到赣榆,但是对这里,却有一份由来已久的亲切。这份亲切是因为连云港,因这赣榆,是连云港的赣榆。而对连云港的亲切,则源于连云港的云——很狭隘的,我喜欢把这个云字解读为云台山的云,因为我老家也有一座云台山,一模一样的三个字,云台山。两年前,我还有机缘曾在连云港的云台山大酒店住过两天,看到满眼都是云台山的 logo,就恍若归乡。

有点遗憾的是,虽然去过连云港几次,却从没有去过连云港的港——港也罢了,说到底,想看的是海。这次在赣榆，终于弥补了这点儿遗憾，不仅来到了柘汪港，还在柘汪港坐了一回船，出了一次海，登了一个岛。这短途的海上之行，成了此次印象最深刻的旅程。

岛叫秦山岛。秦山岛，秦皇岛，让人很容易推测这两个岛有什么关系似的，本地朋友一介绍，果然就和秦始皇有关。这岛原名叫琴山岛，因山形酷似古琴。传说王母娘娘曾在这岛上建通天塔，所以又有俗称"奶奶山"。伟大的司马迁在《史记·秦始皇本纪》如此记下："二十八年，始皇东行郡县……南登琅邪，大乐之，留三月。乃徙黔首三万户琅邪台下，复十二岁。作琅琊台，立石刻，颂秦德，明得意……既已，齐人徐市等上书，言海中有三神山，名曰蓬莱、方丈、瀛洲，仙人居之。请得斋戒，与童男女求之。于是遣徐市发童男女数千人，入海求仙人。"极雅的琴山岛或者说极俗的奶奶山应该就是此时沐上了皇恩，成了堂皇的秦山岛。——总是如此。无论何事何物何人，想要在历史上留下点儿什么，似乎必要和帝王产生瓜葛。由此，物是上贡，事有皇命，人是敕封，方能流芳百世，光宗耀祖。

这里提到的齐人徐市，就是赣榆最古老的名人，徐福。齐不是山东么？倒也没错，连云港在历史上长期属于山东。在赣榆几天，本地朋友们的口音一听就是山东腔调，顿顿都可以吃到煎饼这种典型的山东美味，这些都可作为有力佐证。

2

船启动了。浪并不大，只是有些动荡，也还好。可是当地的朋友特别关心地对我们反复问，是不是会晕船？要不要吃晕船药？我虽然没有吃晕船药，却也有点担心自己会晕船，给人家带来麻烦，所以在游艇里就没敢老老实实地坐着，不时地站起来，东张西望，转移自己的注意力。

出了港，离陆地渐渐地远了，海水渐渐地绿了起来。我干脆就盘踞在船头的驾驶座旁边，和船员们聊起天来。

这片海域有鲸鱼吗？

没有。

有鲨鱼吗？

没有。

有海豚吗？这种问题，似乎可以无休无止地问下去，反正大海里奇异的生物是那么多啊。

有的，不过很小很小。

海面并不太空空荡荡，不时就能看到各种漂着的标志，或者是杆子，或者是浮球，都很有规律地排列着。

这些标志，意味着下面养着东西，是吧？

对。

养着什么？

黑鲩鱼，刺参，大菱鲆，鲍鱼，海虹，海蛎，扇贝……多了。最多的是紫菜。

这海，其实就像耕地一样，都是被承包出去的，是吗？

对呀对呀。

他们的表情是那么喜悦，简直差点儿要说出"恭喜你答对了"。

我便用手机搜新闻，信号不太好，搜了好一会儿，才搜出一则2018年2月份的："……初春时节，赣榆区沿海海面养殖的二十余万亩紫菜进入收割旺季，紫菜养殖户抓住晴好天气抢收新鲜紫菜，'海上菜园'一派丰收景象。"

小台子上摆着一本厚厚的书,是《2019潮汐表——第1册:鸭绿江口至长江口》,海洋出版社出版。打开,第一页印的就是站位分布示意图。图上全是港口,我以连云港为坐标中心,上上下下地浏览:岚山,日照,董家口,青岛,滨海,大丰,洋口,崇明,上海……海洋的世界,凝聚在这里。如果不坐这船,我可能一辈子都不知道会有这样的书。

抬起头,继续看海。海面茫茫,似乎可以随便走的。我们的船果然也是拐来拐去随便走的样子。

不能直着走吗?我问。当然,我当然知道这么走是有理由的,可我就是想听他们说一说。他们一定觉得我很幼稚吧?很多时候,我愿意让自己幼稚。

他们就笑,说不能的呀。

为什么呢?

要考虑洋流啊,风向啊,暗礁啊。还有海下面养的这些东西,网箱啊,吊笼啊。总不好随便踩人家的庄稼嘛。

是啊。无边无际的自由,这只是幻觉。没有绝对的自由。就像飞机飞在无边无际的天空,也必须遵循一条航线。"海阔凭鱼跃,天高任鸟飞"?想来鱼和鸟可不敢这么干。渔民们以海为生，当然也早就悟出了智慧的经验。前些时读福建作家周玉美长篇小说《绿罗裙》，其中写到海上行船的方式，一种是"敲桨"："所谓'敲桨'其实就是：不正面逆风前进，利用风帆向左倾斜，然后转舵向右倾斜。这样从右到左，从左到右，成了'之'字航道。……这种办法的产生，实在是渔人与海亲近，懂得海的性格，也谙熟它的个性，在海发脾气时，是逆不得的。"另一种是"拾浪"："就是船按照浪的律动，时而被推上浪尖，时而又跌入波谷，就这样顺着浪前进。"

敲桨，拾浪，这词语，真美妙。

3

忽然又想起这一段时间正在看的枕边书，作者叫艾温·威·蒂尔，是美国自然文学的典范作家。译林出版社出版自然也是好的，在我这里好到可以免检。艾温·威·蒂尔写了四本，共是风物四季：《春满北国》《夏游记趣》《秋野拾零》和《冬日漫游》，封面清新简约，赏心悦目，让我拿到就爱不释手，恨不得先睹为快，却也知道偏偏不宜快。最好的阅读方式是：跟着季节，一季一季，慢慢读。这样的书反复印证着一个被许多人忽略的常识：人类是自然世界的一部分。而很多人误以为，自然是人类世界的一部分。

——扯远了。

记得《春满北国》里的第三章，名为"天上的春"，在天上看春？是，在天上看春。看什么？天色，积云，鸟群，太阳，星星，月亮……可看的，太多了。当然不止春天，夏秋冬这些季节在天空也都有各自的印记，皆有据可查，只是我们常常既看不到，也不会查。

正如这海。在我们眼里，仿佛只有水的海。——除了海水，眼前的海面上确实什么都没有。但一点儿也不妨碍我的想象。或者说，正因为看起来什么都没有，才更适合想象。

这海，有多深？

十来米吧。

最深的地方呢？

三十来米吧。

这答案让我很是不满足，甚至有一点点失望。我所知道的海，是那么深的深海。恍惚记得一篇科普文章里说，海豹通常潜至水下一百米，海底三千米以下才会生活自体照明功能的生物，泰坦尼克号沉没在三千五百多米处，全世界海洋平均水深是三千六百多米……

此刻，突然清晰地理解了海子的那两句诗："天空一无所有，为何给我安慰。"

大海和天空，它们当然不是一无所有。它们有的，太多了。哪怕从没有人知道它们的多，它们的多也一样坚不可摧地存在着。我们看不见是我们的问题，不是它们的问题。我们没看见，只是我们没看见，是我们没有能力看见而已，一点都不妨碍它们存在的丰富性。所以我对这些庞大的事物充满了敬畏感，也充满了好奇心。

终于，秦山岛越来越近。船靠码头，我们上岸了。

4

岛上没有居民，因为军事的原因曾经驻扎过部队，所以有一些很坚固很耐看的房子，装修一番后，很适合做精美的民宿。只是现在还没有对外开放。据说秦山岛很快就要打造成一个旅游岛，地方上正在做积极准备。盛放的凌霄花开遍了全岛，树上，藤架上，门框上，有的还攀援到了房顶。

如果一定要找一位居民的话，也许还真有一位：徐福。处处都有徐福的印迹，人人都能讲点儿徐福的故事，这使得徐福很像一位神奇的居民。作为赣榆最经典的文化名片，他的元素早已无处不在。此次安排的行程里，有徐福祠，徐福种药地遗址，还有徐福的故里徐福村。秦山岛上最高大的那尊露天塑像，当然也是他。

走着走着，就下起了雨来。本来到了登船的时间，却走不了了。其实起初岛上并没有下，远远的只看到海上那边黑色的天空，渐渐过渡到我们这儿时，天色就变得明亮起来，有经验的船员说，那边下雨了，我们就不宜行船，因为那边的风浪很可能会和我们遭遇。好吧，我们就留在房子里吧。

这样的延宕，我是喜欢的。

我们喝的茶是今年的新茶。茶点是瓜子和花生，还有脆甜的西瓜。茶味儿不错，很清香，也有名头，就叫徐福茶。桌上还摆着一本绘图小册子，名为《徐福茶的传说》，核心故事讲的是公元前218年，始皇来到岛上，觉得腹胀不适,"求著名方士徐福给诊治,徐福入内,见始皇面色憔悴,还闻到了一股积食的气味,徐福取出从山上采来的仙叶煮之",始皇很快痊愈,问叶片的来历,"徐福奏禀,秦始皇命名为'徐福茶'"。

我忍不住笑了。这传说,如果徐福读到,肯定也会笑吧。作者写的时候,肯定也是愉悦的吧?不管怎样,开心就好。

不由得又想到了徐福。他到底是个什么样的人呢?把民间和官方的说法梳理一下,大概有这么几种。

他是神秘的方士。方士之意有三:一是方术之士,即古代自称能访仙炼丹以求长生不老的人。二是周朝官名,掌王城四方采地的狱讼。三是泛指从事医、卜、星、相类职业的人。一和三里,徐福显然更偏重于一。

他是冒险的使臣。这和秦始皇的雄心大略有关。始皇帝为了扩大自己的版图,就派徐福以求仙的名目出海,其实是为了摸情况,打前站,是政治先锋。

他是高明的隐士。始皇暴政,有人正面揭竿,有人曲折抵抗。徐福就是后者。恰如唐代诗人汪遵《咏东海》诗中所言:"漾舟雪浪映花颜,徐福携将竟不还。同作危时避秦客,此行何似武陵滩。"

如果确属这种，那我推测，他一定口才特别好，特别能忽悠，才能顺遂无比地说服始皇帝，那种情形，是不是有点儿接近于一个可爱的骗子？

不过，我更愿意相信的是，也许他几种可能性兼有，他的才艺标签是神秘的方士，他的政治身份是冒险的使臣，而作为一个高明的隐士或者可爱的骗子，在骨子里，他一定是一个浪漫的人，一个有意思的人，也是一个寂寞的人……总之，是一个值得喝几杯的人。如果他喝酒的话。

5

终于等到了可以上船的指令。要走过一条漫长的小路，才能抵达码头。这种路，我也是喜欢的。艾温·威·蒂尔在《夏游记趣》里说："要熟悉一个地区，能够充分欣赏他，最好的办法便是走过这块地方，而且走得越慢越好。对一个博物学家来说，最有收获的步速是蜗牛步速。……一小时一英里已算很快了，因为他和行人的目标不同。他不在乎走得多远，也不在乎走得多快,而是在乎他能看到多少东西。……更深一层说,不光是他能够看到多少东西,还要看他能够欣赏到多少东西,感受到多少东西。"

跟在队伍的后面,我慢悠悠地走着。似乎是一种奖赏,我们一到码头,刚刚上了船,雨忽然就下了起来,让我们一点儿也没挨淋。

船长说,船还是不能开。再等等。

好吧,那就再等等。这种等,我也是喜欢的。

坐在船里,我看着窗外的雨。这是海上的雨呢。和海比起来,这雨下得那么微弱,那么平凡,简直可以忽略不计。可是它也是那么从容。我喜欢它的从容。

天仍然阴着,雨仍然下着,越下越小。终于,船开了。我们又进入茫茫大海,开始了返程的航行。航,我突然想琢磨一下这个字,这个航字,最容易组的词,就是航空和航海。航空和航海都意味着远航,意味着远方。有多少人都有一颗远方的心,想到更丰富更广大的世界里去,想到海一样的世界里去?

航,还能组成什么词呢?对了,在佛教里,它还有度过的意思,所以会有慈航普度的说法。慈航,这又是一种怎样的航?也许,没有比慈航更漫长的航行了,当然，这也可能是最短暂的航行。因为，远可以是至远，近可以是至近，人心里的一切，就是这么被衡量的。

终于靠岸了。踏上坚实的大地，我松了一口气。很快，又提起了一口气。从茫茫大海回到茫茫人海，从秦山岛回到大陆，岛已经远去了，可是，又何曾远去呢？我们每一个人，是的，每一个人，都是小小的孤岛啊。

新疆短章

草香嘹亮

可能，只有在新疆，才会看到这样置放薰衣草的方式。

早知道伊犁盛产薰衣草，但这次去不了了。不到新疆不知道地大，大到让时间无奈。只有留个念想给下次。

好在物流顺畅，朋友说，处处可买薰衣草。

"喏，我敢确定，那里面就有。"朋友指着路边的一溜儿标着特产字样的小店。此时，我和她正坐在布尔津的夜市上吃烤鱼。夜宴完毕，我们便进了一家小店。一进屋——不，还没进屋，我就被一股香气击倒了——是的，不是钩住，是击倒。我知道很多人都喜欢形容香气是带钩子的，把人的心钩了过来，但这里的香气确实是凶猛的，是有重量的，因此，只能是击倒。

我有些昏昏然地进了这家小店。

"有薰衣草吗？"

"喏——"一个漂亮的维吾尔族姑娘朝墙角处一指。

"哪里？"我没看到。

朋友径直走了过去，用手扒拉起了墙角的麻袋堆。我正纳闷她怎么那么粗鲁，她却将一个麻袋口子拉扯开来，对着我道："这不是？！"

我讶异着走过去看，呵，果然是。麻袋里，一粒粒小小的花朵，蓝得发紫，或者说紫得发蓝，玲玲珑珑，娇娇媚媚，既似含苞未放的骨朵儿，又似盛放后结结实实地裹了籽儿般地聚拢着所有的唇瓣。又或者，像是落魄到尘世的乖巧的星星。

我学着朋友的样子，慢慢地把手插进麻袋深处，簌簌的响声是那么利落，仿佛米的质地。我将腰慢慢探向麻袋——

那如酒的香气啊。

一路逛来，每个店里都有薰衣草，每个店里的薰衣草都是如此置放，以至于到后来一看到那粗糙的麻袋，我的脑子里都会反射出三个字：薰衣草。当然这种麻袋只是薰衣草的小仓库，每个店里都预备有很多种精美的薰衣草小袋，便宜的两三块钱，是透明镂花的纱纱袋，贵一点的十来块钱，是各色的绸缎袋——这价钱里已经包含着薰衣草了。我挑了一些绸缎袋，让朋友帮我撑着，往里面装薰衣草。朋友叉开双手，大把大把地把薰衣草往袋子里摁，摁得我心惊肉跳。

"你小心点儿。"我说。

"怕撑坏袋子？"朋友说着放柔了动作，我却忍不住笑起来。她见惯了薰衣草，以为我在心疼袋子。却不知道袋子对我来说真是无所谓，我心疼的只是薰衣草。忍不住隐隐地替薰衣草抱屈：这可是薰衣草啊。在内地，我用十几块几十块才可以买上一小撮，珍重地放在枕边或者是衣柜里。但是，在新疆这个地方，薰衣草怎么就被看得这么随意？怎么就被对待得这么家常？

不过，再一想，也对。旅行的意义恐怕也在于此吧。"离开自己待腻了的地方，去看别人待腻了的地方。"就是这样。此地的家常在异乡人眼里就是新鲜，就是珍贵。正如一个贵州的朋友到河南之后，盯着我们阔大的麦田目不转睛，说从没有看到过如此平整的田野。而在这种处处皆有却不自知的家常随意里，其实也有着某种骄傲："这种东西，我们有的是！"

将薰衣草放进包里，我背了一路，回到河南，下了飞机，在等行李的时候，一个女孩子忽然在我的身边停下，指着我的包，喜悦地说："里面有薰衣草！"

我点头，忍不住笑了。这来自新疆的薰衣草啊，它的香气是那么嘹亮，简直是会唱歌呢。

亲爱的雪山

从喀什回乌鲁木齐的路上，我看见了雪山。

以前也见过雪山，在四川，在青海，都见过，但都是在平地上见。平地上仰望着雪山，觉得就是一幅风景画，美，干净，然而不过也就是如此了。

但是，这次，不一样了。

从喀什起飞，天气真是好，能见度高，比来时要好得多，从乌鲁木齐来的时候，只看见飞机下面是密不透隙的厚绒绒的一层白棉花——天上的云铺成这样，地上的天气肯定是阴的。而现在，近处白云朵朵，远处朵朵白云。在白云与白云的疏朗空隙间,大地上的景物历历在目:机场附近是寸草不生的土山,黄澄澄的,波浪起伏——不,是土浪起伏,如一双无名大手捏塑而成,又如黄土起浪的瞬间被神力凝固,就留下了这么生动的影像。然后,飞机渐行渐远,渐行渐高,就看见了土山之外大块大块的绿色平原,再然后,是赤橙黄绿青蓝紫的七彩大地——没有哪个地方能比得上新疆大地的绚丽色彩了。

地上看累了,就看天上。其实也就是平视窗外。此时,我正在天上呢。忽然觉得前方的白云有些异样起来:好像白得不那么亮,有些阴,有些沉。而且,还不飘,不移,不动,很笃定,很密实。心里诧异起来,便目不转睛地盯着那一线白云,近了,近了,又近了,我终于看清楚了:在青黑色的山体之上,由赤橙黄绿青蓝紫的大地铺垫着,一层层的,忽然就有了一条整整齐齐的雪线。

不是白云,而是雪山。

此时的心还是平静的,雪山么,又不是第一次见。但是,再看下去,我的心跳就加快起来:这雪山,不是一座,而是一排。不,不是一排,而是一群。不,也不是一群，而是一群接一群！近景，中景，远景，都是雪山！

此时再去看大地，才更清晰了雪山的高，才更清晰了这一个阶梯一个阶梯铺垫到雪山的高是怎样一种奇迹：大地上繁衍生息，炊烟四起。人烟之外，有广漠的田野或者荒原。然后，是缓缓上升的坡，逐渐站立起来的山，再然后，一层层，山越来越深高起来，才有了雪山：低雪山，微高雪山，中高雪山，高雪山……

这时方才知道：雪山多么不容易。在这人间，能始终有那么一片洁白，有多么不容易。

无比敬畏，无比臣服。

突然想落泪。

忍不住想笑自己矫情。但是，也知道这不是矫情。没有一个熟人，这矫情给谁看呢？

那么，为什么想要落泪呢？

因为，仿佛看见了神。

那么冰清玉洁，那么凛然不可侵犯，那么雄壮，又那么稳健。仿佛是神在俯瞰茫茫大地，芸芸众生：你们这些愚钝者，贪婪者，卑微者，自大者，到底以为自己是什么？

飞机在雪山之上，我却知道：自己是那么渺小。因这高，很快就将降落。是轻浮的高，短暂的高。

我忽然觉得：冥冥之中，上苍之所以让人类开启了制造飞机的智慧，他真正的用意，也许只是为了让我们稍微领略、知晓和体悟一下神的角度，让我们知道：神就是这样的。

神就是这样的啊。

雪山一路，一路雪山。我的眼睛始终盯着这些雪山。我知道这是一种奢侈。——是何等的奢侈啊。

蓦然间，在雪山的怀抱里，我忽然看见了许多小湖，一汪一汪的小湖镶嵌在雪山之中，如一块块翡翠——不，还是用新疆的和田碧玉来形容它更贴切些。这一块块纯净的碧玉就那么澄澈地仰视着天空，如同天使的眼睛。

我的眼泪终于落下。

亲爱的雪山啊。骄傲的，安静的，纯美的雪山啊，请原谅我所有的黑暗、丑陋和污浊，请原谅我一切的不好和不妥，请原谅我。我向往如你一样骄傲的安静的纯美的人生，但是，一时间，我还做不到。或许，我一辈子都做不到，但是，我知道你在这里。我知道。你，在人间，始终都在。我知道。你离我不远，我知道。我会一直一直靠近你，我知道。

额尔齐斯河边的石头

新疆。新疆。在新疆的日子，我经常会神经质地念叨着这两个字。新，疆，真是一个好名字啊，尤其是那个疆字——只有新疆，才能担得起这个字。这个辽阔的，苍劲的字。

没错，这个字，必须得用辽阔和苍劲来衡量。辽阔的地方不少，比如内蒙古，但草原的柔美也只有用"原"这个字才最恰当。而只有在新疆，才是辽阔和苍劲兼容的。那是一种坚硬的，有力度的辽阔。无论是戈壁滩还是沙漠，无论是山川还是河流。

额尔齐斯河也是这样。

在北疆的行程中，额尔齐斯河的波浪始终都陪伴着我们：在去喀纳斯的路上，在去禾木的路上，在去布尔津的路上……那时，在支流的局限下，这些波浪不得不暂时从属于布尔津河，后来一到北屯，这些波浪便拥有了享用终生的名字：额尔齐斯河。

那天下午，吃过饭后，我们来到了额尔齐斯河边。

首先看到的是那些大树。它们都已经死了，但仍然保持着它们的雄浑和粗壮。据说是因为额尔齐斯河的水量减少之后，它们缺了水，被渴死的。而额尔齐斯河之所以水量减少，是因为以前被人为地分流了出去。这样人为的干预，不仅让等待河水滋润的其他地方深受困扰，也让额尔齐斯河本身的生态环境发生了很大的改变。

这些死去的树，就是改变的结果。

这样的树，还能用来做什么呢？除了成为标本。我走上前，轻轻地抚摸着它们，这些大树。忽然想起一个不恰当的比喻：它们很像某些不合时宜的天才，诞生下来却百无一用，就是为了最后遗憾地死去。

河水少了，河岸的石头就多了。在北疆的每个小城，都可以看到"戈壁玉"或者"彩玉"的门店，据说卖的都是戈壁滩和河边的石头。

"捡玉吧！"朋友说。

于是，我们便在额尔齐斯河河边分散开来，捡玉。

河岸很宽。——额尔齐斯河这样的河，河岸肯定是很宽的。比河还要宽。我们几个分散开来的身影，远远地看去，很快就显得微如草芥了。——不，不对，是微如石头。

石头真多。我蹲下来，去捡。一个，一个，又一个。石头们被河水冲刷了那么多年，都很光润。大的大，小的小，黑色、铁锈红色、土黄色，更多的是一种青灰色，像浩浩荡荡的额尔齐斯河河水。

我捡一个，丢一个。再捡一个，再丢一个。好不容易挑了一块满意的，看到了更满意的，就把手中的放弃了。我看同行的人，似乎也都是这样。我们都默不作声地捡着，捡着，只要听到某人惊呼，就知道他有了"艳遇"——遇到了自己喜欢的玉。

这么捡下去，也是能让人上瘾的。捡啊，捡啊，都知道该走了，明明也有人一遍遍地说道："走吧，该走了。"但声音过后，大家还是会默默地捡下去，再捡下去。捡着，捡着，我的心越来越静。我问自己：你能捡多少呢？捡回去又能怎么样呢？放在你的案头又有什么意义呢？我看着满眼的额尔齐斯河石头，忽然觉得：对于捡它们的我们来说，这些与其说是石头，不如说是一种充满诱惑的嘲笑。

最后,我放下所有的石头,停了下来。这时的我,已经离河水很近了。被分流的额尔齐斯河依然有着让人敬畏的气势——可想而知它以前更胜的风采。这样有力的河流注定是不会太清澈的。它带着特有的厚重和浑浊向前默默地流着,流着,流着,验证着孔老师的那句名言:逝者如斯夫,不舍昼夜。

忽然想起一篇小说的名字:《额尔齐斯河波浪》。那个敦厚的作家名叫红柯,他在小说中这样形容额尔齐斯河的波浪:"在晚霞烧红了整个额尔齐斯河两岸的黄昏时分,额尔齐斯河两岸的密林全都消失了,天空和大地也消失了,额尔齐斯河无比壮丽地流进太阳的洞里,太阳很快就被灌满了……那么大一条河都流进去了,太阳的肚子咕嘟嘟响一阵就没声音了。"

离开河岸的时候,我两手空空。

"没有喜欢的?"朋友纳闷。

"都很喜欢。"我说。

"原来是没法子挑了。"朋友调侃,"那就随便捡两块吧。"

"不想随便,干脆不挑。"我随着他说道。

是的,是都很喜欢。但是,我就是不想把这些石头捡回去。

"我知道了,你娇气,怕沉。"

"聪明。"我笑答。

离开河岸的时候,我又回头看了一眼那些石头。就让这些石头待在河岸上吧,就让它们和额尔齐斯河在一起吧。就让石头归于石头,让我归于我吧。

以路之名

第三次或者第一次

没有读够万卷书,但是热衷于行万里路。这么多年来,只要有机会,我便浪荡在异乡的道路上。国外的且不说,就国内的版图看去,从西域到东海,从南国到北疆,可说算是几乎走遍。其中曾经有过两次旅程都离澳门有咫尺之距。第一次是1995年,我到珠海参加一个会议,会议结束后便开始私人旅行。当时澳门尚未回归祖国,珠海有一个名叫"澳门环岛游"的旅游项目,就是坐在船上环游澳门一周。因为当时的澳门除了本岛之外,周围都是中国其他地区的国土——不,应当称为国水。也就是说,澳门居民如果不小心掉进了岛边的海水里，那就算是"越界"。

那一次，我远远地看到了葡京赌场，也几度从雄伟的友谊跨海大桥下面穿过，在屡屡被来自另一世界的奇思妙想和灯红酒绿震惊的同时，我最感兴趣的却是视野中的澳门人。当游船以最近的距离贴近着澳门岛的边际时，我目不转睛地看着那些走来走去的行人，他们朝我们挥手，我们也朝他们挥手……从1553年算起，该有四百多年了吧。前尘历历，云烟渺渺，我心里又兴奋又好奇又辛酸，千头万绪，百味杂陈。——当然，我也很清楚，回归之日已经越来越近，用不着太沮丧。

第二次去是跟着《人民文学》杂志社的朋友到珠海的横琴岛采风。那天下午，会议主办方把我们领到了一个地方，隔着一湾水波，指着对岸说："那就是澳门。"

我看着彼岸，看着那些与内地迥然有异的广告招牌。我想，是的，那就是澳门。那时已是2010年9月，澳门已经回归了十多年。我很笃定。我知道，迟早有一天，澳门这片想象中的风景，终会变成我体验中的现实。

这一天很快来到。2013年2月末的一天，我的双脚亲吻上了澳门的土地。

十月初五日街

赌场、手信、美食、炮台、大三巴、妈祖庙……这些自然都不能错过，不过作为一个摄影发烧友，我更愿意做的事却是在澳门历史城区的大街小巷漫步。确切地说，相比于大街，我更钟情于小巷。这些小巷太有味道了。——相机真是一项伟大的发明，不仅仅是留影，不仅仅是纪念，对我而言，它仿佛是另一只眼睛，透过取景器便可发现另一个角度的世界。又仿佛是另一只手，可以忠实地替我记录旅程中来不及详细品味的所有细节。"我尊敬底片。我尊敬它就像尊敬大海。因为它比我大得太多了。"因众多不朽的作品而享誉国际新闻摄影界的著名英国战地记者唐·麦库宁吐出如此箴言，深得我心。

突然，在一座淡绿色的老房子的墙上，在一排排密密麻麻的电缆下，我看到了一个路牌。澳门的这种路牌设计得很有意味：由八块正方形的青花瓷砖拼成一个长方形，中间一道横线分出两格文字，上汉下葡，白底蓝字，清新淡雅。下面的葡文我自然不认得，上面却是融到我血液里的最亲爱的汉字：十月初五日街。

还有这样的街名？难不成还有初一初二初三街，初六初七初八街？又或者有一月二月三月街，七八九月乃至腊月街？……询问身边的朋友这个路名是什么来头，他们都一脸茫然。

"或许是个什么纪念日吧。反正应该和历史有关系。"最有学识的那个说。

好在有致广大而尽精微的百度。几个链接之后，搜索结果很快出来，一条脉络渐渐清晰：很久以前，这条路叫呬孟街，此名取自于呬孟码头。这片土地原来是海湾，是渔船憩息停泊之处，后来经填海成为陆地，也便渐渐又成为客轮码头，所以商铺密集，摊档林立，从早上到傍晚乃至深夜，行人川流不息，格外生机勃勃。那时，这条街道是全澳门最长的最繁盛的街道之一——也因此它还有一个名字：新国王街，葡文名字是 Rua Nova del-Rei。因为那时，在遥远的里斯本，有一条重要的商业大道，就叫新国王街；所以呬孟街也复制了"新国王街"的名字。而现在的"十月初五日街"其来历也大同小异：20世纪初，葡萄牙国内自由民主派与君主派的长期尖锐对立终于有了结果，葡萄牙王曼奴埃尔二世流亡英国，1910年10月5日，葡萄牙推翻帝制，建立起共和国。自此，10月5日成为葡萄牙的共和国日，十月初五日街，即是澳葡政府对这场革命所表达的纪念……在网上搜索时，我还顺便搜到了一个词条，是"十月初五日街附近宾馆"，这些酒店都在珠海。我粗粗浏览了一遍：某某某酒店，距离十月初五日街0.97公里，某某某酒店，1.07公里，还有1.10公里，2.81公里，2.88公里，3.30公里，3.42公里……我怅然沉默。也许，从珠海到十月初五，不应当算公里，而应当算岁月。

"十月初五日，十月初五日……"我喃喃地念叨着。10月5日到了澳门，却变成了十月初五日，这感觉真是怪异。所有的中国人都知道公历和农历是多么截然不同，10月5日跟十月初五之间，还有着多么大的一段距离，严格地说，这两个日子简直就是阴错阳差——当然，我很清楚，这个典型的中国风的称呼不过是个路名而已，不过如此……但是，也绝不是不过如此。内港，陆地，码头，鱼市，商贸，战争，谋杀，流血……风暴深酿，翻云覆雨。而现在，街道静谧，足音轻缓。只有一缕最漫不经心的阳光，天真无邪地映照着这个小小的路牌。

"这个路名怎么了？"朋友道，"觉得不舒服的话，咱们可以向市政建议，再改一改嘛，就改成十月一日街，反正澳门也回归了，不是么？"

我笑了笑，沉默。——想起了老家的一条街，它曾经叫杨树街，据说曾有两棵硕大的杨树。后来解放了，成为解放路，再后来"文革"了，又叫卫东路。"文革"结束，城市统一规划路名，又叫韩愈路，再然后是路名竞拍，又被这条路上的一家房地产公司拍走，叫作香海路……而长久居住的本地人，都只叫它"杨树路"。

其实，十月初五日街，这样的街名挺好。细想想，真是再好不过了。

还有一些路名

又在澳门走了几天，让我不时驻足的路名越来越多。到了后来，白天在路上去发现还觉得不足，晚上还要在地图上去再寻觅。路名攒得越多我就越觉得有趣。倒不是因为是它直译过来的异域风情："路义士约翰巴的士打街""沙嘉都喇贾罢丽街""亚美打利庇卢大马路"……这些让太多人绕口得痛苦的漫长名字虽然也是一种特色，但如果称之为有趣也未免有些变态。——让我能够反复流连和品味的，是以下这些。

以人之名。殷皇子大马路，约翰四世大马路，苏亚利斯博士大马路，高可宁绅士街，何贤绅士大马路，提督马路，白朗古将军大马路，高利亚海军上将大马路……殷皇子，即葡萄牙的航海家唐恩里克亲王，为葡萄牙海外扩张的倡导者。约翰四世原为葡萄牙布拉甘萨公爵，1640年推翻西班牙统治的起义成功后，按照王位世袭顺序被推为国王。白朗古则在1907年2月28日至3月31日被委任为代理澳门总督……每一条人名路都意味着对一个人的纪念，都意味着这个人的存在对澳门——不，准确地说，是对葡萄牙有着特别的意义。

以战之名。营地大街，兵营斜巷，炮兵马路……这些都是战争结下的伤疤，所以这些名字的音节，至今读起来还是硬的。

以国之名。历史车轮的走向早已经注定，以下这些路的名字里必然会深深地烫下不折不扣的中国烙印：友谊大马路，北京路，广州街，冼星海大马路。而和乐大马路，长寿大马路，仁厚里，和隆街，道德巷，同安街，福隆新街……走在这些路名中间，你会以为自己置身于北京、南京、西安或者苏杭的街巷里。这些路名中饱含着的典型的中国式祈愿，让我觉得既有一种他乡遇故知的意外，又有一种浸到骨子里的亲爱。

以世之名。在澳门地图东南角，有一块方正之地，简直就是世界马路集萃：巴黎街，布鲁塞尔街，罗马街，伦敦街，马德里街……

还有一些奇怪的称谓，也许该是以史之名吧。比如"聚龙旧社"，这是一个小巷的名字，因巷内有同名的土地庙而得名。这个土地庙建于明朝。而"玛利二世皇后眺望台"则是澳门唯一以眺望台为街道类型的地方。玛利二世皇后指的其实是葡萄牙女皇玛莉亚二世，由于从前的华人不知道她是女皇而不是皇后，便错到现在，看样子还将一直错下去。

我最喜欢的，则是这些路名：卖草地街，渔翁街，渡船街，田畔街，石街，麻子街，果篮街，咸虾巷，工匠街，苦力围，恋爱巷，美丽街……走在这些街道上，最寻常的景象是：居民楼的过道内停着或新或旧的单车，门窗外晾晒着形形色色的床单和衣服，慵懒的猫咪晒在温热的阳光下，不时有隐隐的歌声传来，仔细倾听，是邓丽君的《甜蜜蜜》。

卖草地街没有草，渔翁街没有渔翁，渡船街也没有渡船，田畔街更没有田地。这都在我的预想之中。澳门从19世纪末开始大规模填海造地，现在的土地面积已扩大为原来的三倍。原来的边缘之地成了熙熙攘攘的中心，原来的中心成了寸土寸金的更中心，怎么能指望还遗留一丝丝渔村乡野的风情？能够留下这些名字，已经很好了。而且，更重要的也更本质的是，咸虾巷肯定有人吃咸虾，工匠街肯定有工人，恋爱巷肯定有恋爱，美丽街肯定有美丽。——这些路，以生活为名。没有比它们更琐屑的路名了，也没有比它们更坚实的路名了。只要有人在，就有生活在。有生活在，就有这些路在。生活有多远，这些路就有多远。生活有多长，这些路就有多长。

——还有两条路的名字，一直刻在我的记忆中：民国大马路和孙逸仙大马路。这两条路隔着西湾湖的一泓碧水遥遥相对。民国大马路靠里一些，孙逸仙大马路则是澳门最南端的东西路，它像一道堤岸，决绝地、孤独地站在那里。它的身后是澳门的稠密巷陌和万家灯火。它的前方，除了茫茫大海，还是茫茫大海。

站立的道路

房子也是路,只是这路是站立的,非长条形的,且是以住的形式,在被人走。

亚婆井是葡式风情保持得相对纯粹的地方。亚婆井,葡文的意思是"山泉"。这里以前是澳门的主要水源,又靠近内港,因此是葡人在澳门最高的聚居点之一。这周围的公寓至今仍是典型的葡萄牙范儿:或纯白或水红或浅绿的外墙装饰着极简的线条,衬托着墨绿的百叶窗和红瓦坡的屋顶,偶尔还有几抹纯黄色块镶嵌在窗户周围,使得整体效果看起来洁雅明快,鲜艳清爽,极富诗意。公寓前面的空地上还有两株寿高百年的老榕树,微风拂来,双树相顾,枝叶婆娑,翠色茵茵。

我和朋友们在这里停留了很久,拍了很多照片。生锈的门牌,古朴的窗棂,娇小的石雕,玲珑的邮箱……葡萄牙人在这里生活了几百年,处处都有痕迹。这些痕迹都完好地保存着,作为历史的一部分和一部分历史。

——忽然想,幸而澳门没有经历过大规模的动荡,不然把这些房子都涤荡得一干二净,我们这些人到了这里,还能看到什么呢?

"喝了亚婆井水，忘不掉澳门。要么在澳门成家，要么远别重来……"解说员为我们背诵着这首澳门民谣。听到这样的歌词，我脑海的第一反应就是跳出了《七子之歌》："你可知Macau不是我真姓？我离开你太久了，母亲！但是他们掳去的是我的肉体，你依然保管我内心的灵魂……"

两歌并起，心中感慨。抛开政治，抛开国别，若只以最单纯的心态去体会它们，便可知它们都只是赤子之情，赤子之心。不是吗？

但亚婆井这样的地方在澳门是很少的。行走在澳门的街道上，我更强烈的感觉是自己在随时穿越。关公圣像，花王堂，妈祖金身，板樟堂，佛龛，耶稣，哪吒庙，玫瑰堂，东方红中药店，葡国餐厅，偶然路过圣约瑟教区中学，看到门口的校训居然是"己立立人"……无论是中式的庙宇、商铺和园林，还是西式的教堂、剧院和墓园，这些站立的道路上都活泼泼地镌刻着生动的细节：外面廊柱的柱头和屋内的藻井是西方的古典花纹，室内正面的屏风和厅堂的门楣上是中式的镂空木雕。左邻可能是座中式小院，墙壁是水磨青砖，砖质紧密，砖线细致。屋檐下有雕花檐板，墙顶有灰塑浮雕。右舍可能就是一座欧式华堂，尖塔高耸，拱形门窗，彩色玻璃上粉红、杏黄、水绿、乳白各种图案绚丽盛开……自从以葡萄牙商人为主的外国人在16世纪中叶入居澳门后，澳门作为远东地区重要的国际港口，世界各地的人们随着贸易活动的兴盛也纷沓而至。西班牙人、英国人、意大利人、荷兰人、瑞典人、日本人、朝鲜人、印度人、马来西亚人、菲律宾人……都在澳门留下了他们的身影。雁过留声，人过留痕，所以，仔细看去，巴洛克风格，新古典主义风格，折中主义风格，罗马式风格，欧洲乡土风格，还有伊斯兰建筑风格……各种交融，各种汇通，各种合璧，各种混搭，缤纷杂糅，风情万种，混沌一体，经纬难辨。时间真是伟大的魔术师啊，本来可能是格格不入甚至互相伤害的元素，经过它的耐心调和，它们在一起不但相安无事，甚至还相映生辉。

这是时间的奇迹。也是历史的奇迹。

忽然想：如果这些站立的道路都会说话，它们会说些什么呢？

在花朵后面

"一个摄影家知道在花朵后面有全世界的苦难。经由这朵花,他可以碰触到别的东西。"这是爱德华·布巴的话。在澳门走了几天之后,在拍下了几千张照片之后,毫无疑问,我知道,澳门也是一朵绮丽的花。可是,经由这朵花,我可以碰触到什么别的东西呢?

——我碰触到了路。我只能这么说。澳门的道路有多少啊。大马路、马路、街、路、石级、公路、围、圆形地、前地、巷、斜巷、斜坡、牧羊巷、里……这些是躺着的道路,还有卢家大屋,郑家大屋,三街会馆,大三巴牌坊等等这些站立的道路……无论是躺着的道路还是站立的道路,这些都是澳门的路。这些躺着的路啊,被多少人走过?这些站立的路啊,又被多少人住过?带着海腥气回家的渔民,带着香粉味儿回家的贵族小姐,腰包鼓鼓的商人,铠甲沉沉的士兵,神情沉重的官员,菜篮子满满的主妇……以长诗《葡国魂》铸就葡萄牙文学丰碑的贾梅士在澳门失意落魄,却邂逅了一段中国爱情。写过《牡丹亭》的汤显祖游了罗浮山,上了飞云顶,用如此诗句描绘眼中的葡萄牙少女:"花面蛮姬十五强,蔷薇露水拂朝妆。"还有丘逢甲,居然以赞赏的豪情这样形容赌场:"银牌高署市门东,百万居然一掷中。谁向风尘劳物色,博徒从古有英雄……"

车声辚辚,马嘶萧萧,人潮涌动,旗帜飘飘。唯有这些道路,这些大地上的道路,它们默默地承担着,忍受着,记忆着,见证着,铭刻着。我碰触到的,只是这些道路的名字,和由它们的名字延伸出的简史。是这些路的最表面。——以路之名,我稍微知道了一些澳门,也由此知道:无论是什么样名称的路,也都只是路。路名可以一换再换,街容可以一改再改,行路的人也可以一变再变,茅棚草屋或者是高楼林立,蓑衣笠翁或者是豪门权贵……唯有这道路本身,它诚实地、紧紧地贴在这大地上,默默无语。

它们没有话语权,但是,我深信,它们什么都知道。条条大路通罗马——澳门的这些道路,既通向着斑驳幽微的沧海桑田,也通向着不可知的未来深处。

印江之印

印纸

好歹也算一个写作的人,整天和纸打着交道。这两年又动了写大字的心思,虽然不曾开始写,却也攒了不少好纸。听说这次的印江之行里有一道"蔡伦古法造纸",早早地便有了期待。蔡伦老师是造纸业的祖宗,这么多年过去,他的造纸术居然还在?当地的朋友介绍,大约明代洪武年间,蔡伦后代因躲避战乱从江西经湖南耒阳入贵州,落户于合水镇兴旺村,居住地名蔡家坳。风雨沧桑,薪火相传,已经六百多年。

很多传说是不可信的。但这个传说,我很愿意相信。

茅棚草舍,拱桥清溪。最原始的造纸地就在眼前，而且让我惊讶的是，那些不知岁月的窑，石碓，水车……现在都还在用。仿佛永远不会坏。本地的朋友说，这种古老的造纸术和这些设施得以保留，是因为托了这里闭塞落后的福。要是在四通八达的好地段，"什么新风都一阵阵地刮，就把什么都刮没影子啦"。

蔡伦古法造纸的生产工序号称"七十二道"，主要原料是构树皮，生产过程包括选料、浸泡、蒸煮、漂洗、碎料、舂筋、打浆、舀纸、晒纸、收垛、分刀……在河边，我们看见了那个男人。他穿着一件白色的上衣，手里拿着一张不规则的黄色的厚厚的纸。他的前面就是水车带动的一个长长的木槌子，木槌子一下一下地砸到纸上，他慢慢地转动着纸面，一点，一点。他根本不抬头看我们，只是一点儿一点儿地移动着纸面，任木槌砸着，砸着，砸着……我忽然想，几百年前，几千年前，这溪水就是这么流的吧？这水车就是这么转的吧？这木槌就是这么砸的吧？那么，坐在我们面前的人，是几千年前的那个人吗？

而我们这些来观景的人，肯定不是几千年的人。

看着平静的他，始终如一地做着一件事的他，我心里忽然满是疼惜和敬畏。这些默默劳作的人们，总是很轻易地就让我疼惜和敬畏。

然后我们去看正在建的造纸博物馆。据说贵州省文物局已投入了三百多万，整馆占地面积一千五百多平方米。这房子看着真是奢侈——主要的建筑材料就是原木，几乎看不到砖，水泥也很少。木材不是松木就是柏木，进到屋里就能闻到淡淡的木香。上到二楼，看到一间一间隔开的酒店式的房间格局，当地的朋友说这个博物馆同时还有一个功能：写作中心。也就是说建成后会请一些作家过来写作。"欢迎大家都来。"他们笑道。我想象着，将来这栋建筑里，楼下是浙江温州瓯海区的"泽雅造纸"、湖南张家界老棚峪的"香纸"、山西定襄县蒋村的"麻纸"等各种各样的古法工艺造出的纸品在静静展示，而楼上一些写作的家伙们——也许还会有我——正在噼里啪啦地敲着电脑。

即将上车离开的时候，有人气喘吁吁地跑来，展示出一张纸——蔡伦古法造纸术造出的样板纸。我们传看着这张印江白皮纸。据说这纸"纸质坚韧细腻、色泽洁白，吸水性及吸墨力强，耐保存"。

"徐悲鸿当年没少用这纸画画呢。他说这纸坚韧绵扎、细腻白泽、折不起皱纹……"

我轻轻地摸着这纸。真是好纸。

印绿

在印江，一路行来，满目葱翠。有大绿也有小绿。小绿是野花野草，星星可爱。大绿是树绿。每家门前，每个村庄，每条路旁，树木的繁茂和家常，无处不在。——就连紫薇树都能活一千多年，长到三十多米高，成了赫赫有名的"紫薇王"。有田绿也有山绿。田绿是水稻和蔬菜，在很多田野里，我们都还看到了土豆花。"洋芋花开赛牡丹。"有人这么唱。呵，干吗要赛牡丹呢？洋芋花是好看的，却也用不着来赛牡丹。正如牡丹是好看的，却也用不着来赛洋芋花。这世上的花啊，各有各的好看。山绿则是梵净山。梵净山的绿着实惊人。坐在缆车上向下看去，是一览众山小，也是一览众山绿。绿山与绿山之间，是深绿的谷。绿谷中偶尔有跃动的白色，是泼洒的溪流。溪流之上有浅白色的雾霭淡淡飘浮——除了绿就是白，再无杂色。极清极爽。缆车上行到站，我们开始向金顶攀爬。岩石陡峭，极其危峻，可是脚下和手边总还是有青葱的绿润人心脾。

我一口一口地深深呼吸着。这绿色让我贪恋。印江人生活在洁净的呼吸里。呼吸深些,呼吸浅些,都没关系。深呼浅吸两相宜,反正空气都是绿色的。可是我们……我想起前两天和北京的朋友相互问候,已经不是你好保重之类,而是:"祝你呼吸愉快!"

呼吸愉快,这已经成为一种祝福。从这个意义上讲,浸泡在绿色中的印江人,他们的呼吸生活已经将祝福变成了现实,很奢侈。

印人

也许印江人自己都没有发现,他们自有一种特别的气质。尤其是乡下人。

在郎溪镇,我们去看一所老宅。老宅在高高的坡上,我们一个台阶一个台阶地走上去,门却锁着。原来老宅还是私宅,并不对外开放。本地的朋友用方言和邻居们打探,翻译给我们听:老宅的主人上地里去了。原来如此。我们便很不礼貌地一个一个扒着门缝往里面瞧,瞧完了,打算回去。忽有妇人出现,叽叽喳喳起来,和本地的朋友们说着什么,本地的朋友有些不好意思的样子,也不翻译给我们听,但我们还是听懂了一些关键的字:"钱……不给钱……"

呵,原来是这主人是想卖门票的呀。倒也应该。谁规定我们有资格免费打扰人家?

我们返回,又一个台阶一个台阶地下去。左边的石台上,一个年轻男人光着上身,端着大碗,正在吃饭。路过他身边时,我走得很慢,很想看看他吃的什么,可是石台很高,他也很高,我看不到他碗里的内容。饭食的气息也是陌生的,我闻不出来,心里怪痒痒的。我看着他,想着如果他看我,我就对他笑笑,和他打个招呼,可他只是一心一意地吃饭,认真地像个孩子。

再往下走,右边的门口出来一个老爷子,穿着淡蓝色的衣裳,很严肃的样子。他倒是看着我,我也看着他,对他笑着点点头,意思是:"您好。"可他还是很严肃,好像是我的上司或者老师,或者我是个犯过错误的人,绝不能给我好脸色。于是我灰溜溜地收回了笑。反思着自己:在他眼里,你也不过是个陌路人。既然是陌路人就遵循陌路人的角色,打什么招呼呢?走自己的路就是了。把你在外面学的花里胡哨的虚礼都收了吧。

回到车上,我和朋友说我的感受,她大笑起来:"我也对他笑了呀。他也是那个表情。你想想看,咱们两个都那么对他笑,他心里会怎么想我们,会不会觉得咱们都有病啊……"

是啊,和他们相比,我们都像是有病的人。其实,确实也都是有病的人。

又到了一个镇上。我们在街上溜达着,到了一个很气派的宅门口,几个老人安安静静地坐在那里,浅色的老式衣服外面都罩着深蓝或是浅蓝的围裙,干干净净,清清爽爽的。他们坐得端庄矜持,真是好看。我们就很没礼貌地对着他们拍照,她们没有任何表示,不笑,也不恼,只是任我们拍。淡定极了,家常极了,和他们的气度相比,倒显得我们都是没见识的人。后来我有些羞赧,收起了相机,试图走近他们,可是他们没有和我们说话的意思,我也只好放弃。他们只是那么看着我们,似乎我们这些外人在他们眼里没有任何稀奇,他们早已经看遍了这世上的风景。

还碰到一个小女孩,在一个村子里。我们吃过了饭,将要离开,正在等几个跑到远处拍照的朋友,就在这个空当里，我看见了那个小女孩。她好奇地看着我，我也看着她。她的眼睛像一颗黑葡萄。我对她按下了快门，她笑起来，竟然跑到我身边，要求看照片。我给她看了以后，她笑得更开心。于是我又给她拍……正玩着呢，一个老人走了过来，看样子是她奶奶，要把她抱走。她不肯，求救似的贴近了我。她的小身体好温暖啊，我实在不能拒绝，就把她抱了起来。旁边的朋友就替我们合影。

然后，奶奶就开始讲起话来，语速很快，方言味道浓郁，我一句都听不懂。本地的朋友不在，也没有人可以翻译。我就无奈地懵懂着。看我不懂，奶奶就蹲下来，掀起了孩子的衣服，露出了她的肚皮：一道很大的伤疤爬在孩子的胸前。再结合奶奶说的一些词，我隐约明白了：这孩子有先天性心脏病，做过很大的手术。她父母都在外面打工，所以孩子只能跟着她……这孩子对外人的不认生是因为这病么？因为这病她小小年纪就在外面认识了许多陌生人，所以才会和我这么自来熟吧？

我抱着她，心里忽然难过起来。我想为她做些什么，可是又能做些什么呢？即使这么抱着她，我又能抱多久呢？我可以给她一些钱，可是给她一些钱又有什么意义呢？钱能代替她的父母亲么？而且，不知怎么的，我觉得给钱很像是对她们的侮辱。

我难过着。同行的人已经集合齐整，准备走了。我和她们挥手告别，上车走远。从后视镜里看着她们的身影，我觉得自己真是一个冷酷的、无耻的人。

在茶山上，见到了此行最大方的人——采茶人。男男女女，加起来也不到十个。女的大红，男的粉蓝。远远地看着他们在茶园里，颜色这样冲撞着混搭起来，还挺好看。看着我们越走越近，他们突然开始唱起歌来。走近后，看见他们一模一样款式的衣服，我明白了：他们都是演员，特意来为我们表演的。

他们很尽力地唱着，一个唱，另外几个就跟着和。我站在栏杆外的台阶上，看着茶园里的他们在表演，他们的茶篓子也非常小，简直就是一个象征。而且，茶树也都修剪过了，没有什么可采的茶，真是纯粹的表演。——忽然想起朋友的事，他去西双版纳玩，在一个佤族村寨发现佤族人穿的是汉族衣服时："……我们就十分失望。但可爱的佤族兄弟们，他们是多么善解人意。一对夫妻马上花了一个小时穿上全套的民族盛装，款式繁复，色彩斑斓，每个细节都有巴洛克式的执拗讲究。

我们大喜,相机的快门啪啪作响,每个人都与他们合影留念。"

然后呢?

"然后,我们就走了,渐行渐远。那对夫妻也许已换上和我们一样的服装,烧火做饭。"

面对着这些为我们表演的可爱的人们,我觉得深深的不好意思。

他们的声音嘹亮,粗犷,真是适合在这山野里唱。听着听着,我们几个就试图和他们呼应一下以示礼貌和欢乐。可是也真是心有余而力不足,只能等他们唱完一段,喊"哦"的时候,我们也配上两声。可是我们的"哦"完全没有他们余音袅袅的韵味,就只是野兽似的大直嗓子,且非常短,尾音部分几乎没有,即使勉强延长出来也是虎头蛇尾,气若游丝,可怜极了。

在这健壮的山野里,我们都是孱弱的孩子。真是羞愧。

下了茶园,我们去长寿谷,走着走着,听到有悦耳的歌声。等了一会儿回头去看,还是他们。他们已经不再唱采茶歌,开始唱情歌。本地的朋友也动了兴致,开始低低地回唱起来。一唱一和之间,他们越发唱得好,一路有如泣如诉的溪流给他们伴着奏,听得我们心醉神迷。——虽然听不懂一句,但毫无疑问,全部都能享受得到。

晚上住在侗家山寨,饭后散步到一个很大的亭子旁边,看到一群人在亭子里坐着,围着炉火在弹唱。弹琴的是个眉目俊朗的本地男子,笑的时候很洒脱,不笑的时候又有些忧郁,俨然是这聚会的灵魂。一群本地人围着他,看他调试着琴弦,一遍一遍地弹奏,便跟着一遍一遍地唱。他们用方言说着,笑着,窃窃私语着,或者静默着。这个时候,我无比明白:我们就是外人。也许,我们永远也进不到他们生活的内部去——凭什么呢?我们这些来去匆匆的过客,有什么资格进到人家生活的内部去呢?

不过,还能怎样呢?能这样和他们邂逅,已经很好了。

第二天,我们在路上碰到了那个弹琴的男子,他神情平淡,步履迅疾,目不斜视地向前走着,一副凡尘模样。

素琴五弦

1

不知道别人如何，反正我的健忘程度和脸上的皱纹是同比加深的。2010年9月，珠海笔会。会前主办方就告知过此行的内容，但很快就在我的记忆里雁过无痕。等到了珠海，进了指定的宾馆，我按照通知放眼寻找报到的地方时，除了一张桌子和桌子旁边的一个立式接待标牌，我什么都没看到。路过那个标牌的时候，我驻足留意了一下，上面是三个漂亮的隶书大字：横琴行。

横琴。我默默地念叨了一下这个词，横琴么，这肯定是一个乐器的名字了。横琴行，肯定是这种琴的琴行准备搞什么活动。不由得开始惭愧自己的无知：听说过钢琴，月琴，柳琴，竖琴，风琴，胡琴，却从没有听说过横琴。不过作为广大人民群众中的一员我也相信，这种琴的名字对很多人来说应该都算是陌生的。怪不得琴行要组织活动呢，看来这种活动还得多多组织呢。

找遍了大堂的每个角落，终是没有找到报到的地方。只好给主办方的朋友打电话，他大声道："就在大堂，有个桌子！只有一张桌子！"

我狐疑着，再次向那张"横琴行"的桌子靠近，和桌子后面的小美女一番攀谈之后，终于确认：这就是我报到的地方。"横琴行"就是我们这次采风活动的主题。横琴，是珠海的一个岛。

2

关于横琴的传说是这样的：某年某月某一天，某仙女来到横琴，被美景所动，踏浪而舞，抚琴而歌，巧遇出海归来的渔夫，顿生情愫。临别之际，仙女将琴赠给了渔夫，沧海桑田，时光变换，此琴便化身为横琴岛。

这传说毫无特色，但是我喜欢。仙人的生活虽然是如此神秘，远非凡间的芸芸众生能够企及，但这并不妨碍大地上的人们运用自己丰饶的想象力把这些仙人从天上拽下来，而且，往往如此，这些仙人们一到凡间就不想再回天上，万不得已必须回去工作的时候，也必会留下些微印记来证明自己对凡间生活的热爱。这种传说中所蕴含的自娱自乐自满自足的天真意味，甚合我心。

——横琴便是仙人留下的印记。

总面积一百零六点四六平方千米，横琴是珠海最大的岛。这个珠海面积最大的岛，与澳门一衣带水，山海相拥，陆岛相望，檐瓦相邻，处于"一国两制"的交会点和"内外辐射"的接合部。这样的时代，这样的地段，不用想都会知道：横琴岛必是一个寸土寸金的宝岛。她必是马路开阔，高楼林立，灯红酒绿，纸醉金迷。

但是——多么让我惊奇和欣慰的一个但是啊——她居然还是珠三角核心地区的最后一块处女地，近乎一张崭新的白纸。这么多年过去了，这个岛的未建设土地总面积居然还有百分之九十。

如同化妆品商店里站着一个素面朝天的村姑，如同大染坊里还存留着一匹一色不染的白布，如同一群气息复杂的成年人中还藏着一个眼神清冽的水晶孩童，这简直是一个奇迹。

忽然想起陶渊明说的那个词:素琴。这说的,可不就是我眼前的横琴么?

3

素,字典的解释:本色,单纯。这个字是如此让我喜欢,因此,请允许我把与她有关的词一一抄录下来吧:素材,素菜,素餐,素洁,素净,素淡,素雅,素酒,素油,素服,素席,素昔,素日,素来,素知,素养,素志,素朴……就连这四个字也是如此入眼:素昧平生。安妮宝贝的书名《素年锦时》自然也是好的。当然也有硌眼的:色素,毒素。

——凡是素在前的,便都好。不好的,都是素在后。

还有一个词,字典里没有。是在一个书法界朋友家的墙上看到的。她把那四个字写得淡淡的,但一入眼帘便令我触目惊心:

素心若雪。

与素字相关的最雅的典故,莫过于陶渊明的素琴了。《晋书·隐逸传·陶潜》如此记载陶渊明："性不解音，而畜素琴一张，弦徽不具，每朋酒之会，则抚而和之，曰：'但识琴中趣，何劳弦上声。'"此时的"素琴"，是指没有弦和徽的琴。后来人们便多用"素琴"一词来表示无弦。渐渐又引申为不加装饰的琴。

眼前的横琴，确实是素的。远看森林密密，湿地葱郁，海天一色，渺渺茫茫。近看是低矮的农屋，茁壮的稻田，粗大的椰子树，茂密的芦苇场，俨然是淳朴的海边乡村。而越过横琴的领域，便可看到她左右的珠海和澳门，一片灰蒙蒙的建筑物密密麻麻，棱角分明，毫无表情地此起彼伏着，巨大的玻璃幕墙闪烁出怪异的冰莹凉光——如果仙女再来，恐怕会被这些楼群吓坏吧。

在左右坚硬的灰色怀抱里，只有横琴是翠的，是黄的，是白的，是红的。翠是树，黄是土，白是农居，红么，就是红树林了。横琴是有曲线的，是柔软的，是会呼吸的，气息也是芬芳迷人的——这个不化妆的女子，还是一个未被沾染的处子。她的美，是素到极处的艳，或者说，是艳到极处的素。

我不免讶异：这样的美，在这个世上，居然还有。——不过，转念一想：有又怎样？这美能够存留的日子，还有多久呢？

我只沉默。

4

"《横琴总体发展规划》是2009年8月才正式批复通过的，但在短短数月之间却以难以想象的'横琴速度'落实着项目。在坚持以三大定位四大产业为发展方向的横琴大蓝图中，一个个带有战略示范意义的大型项目相继在横琴岛上尘埃落定。其中又以六大项目最为引人瞩目……"

沙盘华丽，规划图宏阔。声光电潮涌而来，展现出一个恍若梦境的美丽新世界。

"……这是横琴岛澳门大学新区。预计投资三十个亿，在三年内会完成相关配套建设，并正式开始招生。这是横琴长隆国际海洋度假村，由广东龙头旅游企业集团长隆集团斥资一百亿元打造，计划分三期完成整体建设，首期富祥湾组团已经开始动工建设，计划在2012年完成并正式开始营业。这是十字门中央商务区，由位于横琴东北角的南部片区和位于南湾海滨的北部片区组成……"

所有的沙盘都是华丽的，所有的规划图都是宏阔的。而所有的研讨会都是热烈的：

"横琴的前景让我震惊！"

"横琴的未来让我振奋！"

"横琴保留着巨大的后劲，一定会后来居上！"

……

而最机趣的，莫过于这样的比喻："横琴是一个国色天香的美女，她已经寂寞了太长时间，等待了太长时间，现在，她佳期已定，就要出嫁了，就要结婚了，很荣幸，我们都是证婚人！"

这个比喻是如此对景，令主宾皆欢。我也笑着，却突然生出了一种不靠谱的想法：就让这块土地永远这样吧，就让这个小岛永远这样吧。无论珠海和澳门多么发达，就让这块处女地永远保留着她的初始模样吧——她会永远这么好看，这么清新，这么怡人。大地赋予她的特质让她的青春品性和人类有着天壤之别，她永远不会衰老。而与她相亲的那些事物：大海，青山，都不会变老……那么，就让这个小岛成为一个标本吧。就让这个小岛在高楼大厦钢筋水泥的丛林里成为这么一个绝无仅有的标本吧。

当然。我当然知道不可能。于是胡思乱想中,我只沉默微笑。只有我自己知道自己笑容背后的恍惚。

5

因为四面环海,处于咸淡水交界处,温度适宜,水质干净,微生物丰富,横琴自古以来便是理想的天然蚝场,据说早在宋代当地居民就开始养蚝。横琴蚝自然声名已久。横琴蚝的特点是"一大,二肥,三嫩,四白,五脆",又有"海洋牛奶"的美誉,一向被视为滋补美食。广东十大名菜之首便是"鲍汁扣横琴蚝"。所谓蚝门盛宴,自是人人垂涎的大餐。因此到了横琴,是一定要吃蚝的。

确实好吃。萝卜蚝,雪菜蚝,鲜炸蚝,鸡蛋蚝,炭烧蚝,西芹生蚝,蘑菇紫菜生蚝汤……最让我回味的则是最接近原味的白灼生蚝。只有清水,只有生蚝,再无其他。吃的时候,只需蘸一点儿店家们自制的蚝油,入口便是蚝原汁原味的鲜嫩香郁，美不胜收。

最简单的做法，却抵达了最极致的美味。亦如同是素到极处的艳，或者说，是艳到极处的素。

"再过十年，我们再来横琴的时候，希望还能吃到这么美味的蚝！"同行的一个朋友道，"蚝的质量就是横琴发展质量的最有说服力的标志！"

"真希望你们这些在白纸上画画的人，落笔的时候，慎重些，再慎重些。"另一个人终于冒着破坏宴会兴致的危险，说出了他的忧虑，"已经有太多的土地都被画坏了，大地是结实的纸，但画画的笔是利剑一样的钢筋。画坏的画，即使是再超能再神奇的橡皮，也会在修改的时候把画纸擦破，留下长久不愈的伤口。"

"请大家放心。开发横琴，生态是底线。我们完全可以保证，十年之后的横琴，还会有这么美味的蚝！"一个主办方领导如此铿锵有力地回答。她说横琴现在的自然生态意味着几代人的真心守护，政府将来的开发一定会走一条具有环保低碳特色的路线，把横琴建设成"生态绿色环保示范区""粤港澳合作的示范区"和"宜居宜业的魅力海岛"。

蚝美味，话决绝。一片喧嚣之中，我默默地对横琴说：那就嫁吧。既然一定要嫁。在你即将结束少女生涯的时候，作为你处女时代最后时期的见证人之一，我由衷地祝愿你的夫君能踏踏实实地履行婚前的誓言，真真切切地心疼你，忠贞不渝地爱恋你，并使你能在婚后健康茁壮气血充足地养儿育女，生生不息，拥有根基稳固天长地久的大幸福。——那时候，或许我便可以改两句古语相赠：青山有墨仍为画，碧岛有弦美横琴。

中年崂山

人到中年,越来越不想爬山了。是因为想要保护未老先衰的膝盖,也是因为没有了那份一定要抵达什么目标的心气儿。二三十岁的时候,很容易被激励着,说既然来这里了,怎么能不去什么什么地方呢?现在却会毫无志向地说,不去就不去吧,哪里会有非去不可的地方呢?至于"不到长城非好汉"之类的话已经对我没有任何作用,与当好汉相比,我更在意有个好膝盖。话说回来,要是没有一个好膝盖,恐怕也很难当个好汉吧。

这一天,到了崂山。公历是十一月初,农历已经是九月中旬,接近深秋。本地的朋友颇有些遗憾,说这里山海相连之处,夏天来是最宜人的。听着她的叹息,想象着夏天的情形,我却觉得眼下也很好,秋天的树,秋天的风，秋天的水，都是好的。况且今天的天是这么蓝，太阳是这么暖和，有什么可挑剔的呢？能享用到的一切，都无可挑剔。

勤奋的人尽管爬山，偷懒的人便可得闲。我和另一个爱惜膝盖的朋友找了一家茶棚，喝茶。崂山绿茶，崂山红茶，都是五十块一壶，无限续水。我们点了一壶绿茶，沸水冲泡开来，颜色可真绿啊，是春天小树叶般的绿呢。

坐了一会儿，觉出冷来。因这茶棚是靠着东边山崖的，而我们的座位又是靠着最东边。于是换座位，换到了靠着路边的阳光下，顿时周身有了暖意。虽然是添了热闹，却也不觉烦躁。大约是因为这喧闹不是蜗聚于此，而是流动的。来来往往的人，叽叽喳喳的欢笑，踢踢踏踏的脚步声，都是和我们不相干的。如果相干了，就会烦躁。正因为不相干，这些就只是热闹。

今天是周六，也该他们这么快乐。我一直以为周六是每周最可爱的一天，不是么？周五还有工作，而到了周日，想到周一又要上班，必然就不会那么痛快。唯有这周六是最松弛的一天，最没有前忧后顾的一天。

东一句，西一句，南一句，北一句，两个人说着毫无逻辑的闲话。说到青岛,我和她谈起十几年前,那时在青岛的一个会上初见,晚上一起宵了夜,喝了鼎鼎大名的青岛啤酒,一醉方休。犹记得那时的她穿着一件水蓝长款衬衣,外面却罩着一件小衫,是当时最新潮的里长外短,而我那时似乎穿着松糕鞋牛仔裤……那时的我们,都算是年轻。

——开始回忆年轻时候,必是开始老了。再过些年,当我们开始回忆这次的崂山之行,那时就已经真的老了吧。

又说到崂山。很多年前我曾经来过的,这次又来,却对之前来的事情毫无印象,仿佛是第一次。这倒也好,看什么都新鲜。论起来,这崂山的声名毫无疑问比青岛要早。唐朝时,李白就来过这里。"我昔东海上,劳山餐紫霞。"那时的崂山,还是劳山。崂山和劳山也不知道是什么时候通用起来,我觉得还是崂山好。劳,单看着字未免就太辛苦了些。劳字靠住了山,辛苦就少了许多。

"这么怕辛苦,真是一身懒骨头!"

好吧,就起身走两步,松松这身懒骨头。手机里有辨草识花的神奇软件"形色",打开,让它给我解读周围的植物密码。银杏，卫矛，白乳木，白棠子，鼠李，刺槐，山樱花，野茉莉，杜鹃，白檀，厚朴，山茶——

想起了蒲松龄的那篇《香玉》，里面那个名叫绛雪的女子，就是山茶的精灵。

反正也无事，打开百度搜出原文："劳山下清宫，耐冬高二丈，大数十围，牡丹高丈余，花时璀璨似锦。胶州黄生，舍读其中。一日，自窗中见女郎，素衣掩映花间。心疑观中焉得此。趋出，已遁去。自此屡见之。遂隐身丛树中，以伺其至。未几，女郎又偕一红裳者来，遥望之，艳丽双绝。行渐近，红裳者却退，曰：'此处有生人！'"

"此处有生人！"让我忍不住笑起来。蒲松龄真不愧是短篇圣手，寥寥几笔便栩栩如生。

红裳者，就是绛雪。香玉是牡丹，绛雪是山茶，山茶又叫耐冬，顾名思义，她可耐寒而绽。早些年，我家里也曾养过的，初冬时买了两盆，到了春节正好盛开，放在靠窗的暖气旁边，花气被暖气蒸腾着，晕染出满屋子好闻的香。

后来香玉的真身被即墨蓝氏看中，"掘移径去"，只剩下了这株绛雪。绛雪便来代替香玉陪伴黄生："'妾不能如香玉之热,但可少慰君寂寞耳。'生欲与狎。曰:'相见之欢,何必在此。'于是至无聊时,女辄一至。至则宴饮唱酬,有时不寝遂去,生亦听之。谓曰:'香玉吾爱妻,绛雪吾良友也。'每欲相问:'卿是院中第几株?乞早见示,仆将抱植家中,免似香玉被恶人夺去,贻恨百年。'女曰:'故土难移,告君亦无益也。妻尚不能终从,况友乎!'生不听,捉臂而出,每至牡丹下,辄问:'此是卿否?'女不言,掩口笑之。"

有点儿暧昧,却因为绛雪的大方通透,这暧昧便也是干净的,可爱的。这理性十足的绛雪虽是少女容颜,却早超出了少女之慧。也难怪,她是精灵呢。

然后呢,因为道士要建屋,觉得绛雪碍事,想要砍了她,绛雪托梦给回老家过年的黄生,黄生急匆匆赶来,挡了此劫,两人情意加深。还去香玉的旧址同哭了一次。花神感动于他们对香玉的深情,使得香玉魂魄再现,和香玉久别重逢,绛雪的问候实在有趣:"'妹来大好!我被汝家男子纠缠死矣。'遂去。"

旧梦重温,却有遗憾。此时的香玉没有肉体和温度,只是一个梦幻的影子。黄生得不到满足,又念叨绛雪,好闺蜜香玉为了满足黄生的欲念,暴露了绛雪的秘密:

"乃与生挑灯至树下,取草一茎,布掌作度,以度树本,自下而上,至四尺六寸,按其处,使生以两爪齐搔之。俄见绛雪从背后出。"

写得真好啊,只能这么好了。像衡量一个人一样衡量这棵山茶,然后像戏弄一个人一样去对着一棵树挠痒痒……树真的会痒吧?会的。

绛雪责怪香玉"助纣为虐",香玉说别生气啦,我也没有别的要求,请你陪伴郎君一年就好啦。

——只听说过托孤的,没有听过这么托夫的。女人果然能贤惠如此,痴心如此?

"日日代人作妇,今幸退而为友。"在这个约定终于期满后,绛雪如此说。其实我一直是不甘心的,此时终于不得不面对"代人作妇"所证实的绛雪和黄生的实质关系。深深觉得,在惜香怜玉领域有卓越成就的蒲松龄先生还是难逃窠臼,作为一个如此懂得欣赏女人爱女人的男人,他终究还是让黄生把香玉和绛雪都纳入了怀抱,非得这样才能抵达某种无数男人们意想中的圆满吗?却也免不了那一点儿贪婪的俗气。真是为绛雪抱憾啊,尽管她是因为和香玉的情谊而做的妥协,可她这样的迁就也未免太大方。要是她一直坚持下去就好了。不过,也许,这么想是我太小气了?

这锵锵三人行最终以先后消亡收场。黄生先死,死前发愿说来世寄生于香玉旧根上:"'他日牡丹下有赤芽怒生,一放五叶者,即我也。'遂不复言。子舆之归家,即卒。次年,果有肥芽突出,叶如其数。道士以为异,益灌溉之。三年,高数尺,大拱把,但不花。老道士死,其弟子不知爱惜,斫去之。白牡丹亦憔悴死;无何,耐冬亦死。"

正读得津津有味,突然,问候声此起彼伏,爬山的人们回来了。一起坐着喝茶,我便问本地的朋友绛雪的事,他们便说起来。说绛雪还在呢。居然还在?我不免吃惊。细问才知道,其实蒲松龄笔下的绛雪早就死了,那株绛雪死后,绛雪之名便移于三官殿院的一株山茶上。那一株也有六百多岁,据说是张三丰所植,属国家一级保护古树名木。后来这株也死了,现在是第三代绛雪,有四百多岁,是崂山生长状态最好的一株山茶。

却原来,这绛雪的名称也可以代代相传的。也好。甚好。如此,绛雪便可以生生不息。其实,当她在蒲松龄的笔下诞生的时候,也就意味了她的生生不息,不是么?

朋友说，青岛市的市花，便是山茶。

要去看看她吗？

不去。

不遗憾吗？

遗憾什么。不一定非得见。

好薄情。

去看一眼就深情了？像即墨蓝氏那样把她挖走是不是更深情？

也是啊。

"在薄情的世界里深情地活着"，这金句从未让我动心，也从未相信。怎么可能呢？薄情的世界里，只能薄情地活着。深情的世界里，也常常得薄情地活着啊。尤其是人到中年之后。对许多人和事，爱是爱的，却不会再轻狂地实践和表达。中年是人生的秋天。以前总觉得秋天和春天貌似一样，现在越来越体会到二者的不同。虽然都是温凉适宜，春天却是凉淡温浓，秋天则是凉深温浅。虽然也都是万物绚烂，春天却是色彩的加法，秋天则是色彩的减法。

也只有做减法，才能活得更踏实一些吧。

喝完茶，吃午饭。下午去了市区。"去萧红家看看呀。"朋友们说。没有用"旧居"这个词，这很好。好像萧红他们还一直活着。——一个作家，他和他的作品在死后依然被人时常谈起，在本质意义上，他其实就是还是活着。有意思的是，这其实是萧红萧军住过的地方，我们简称却都不约而同只说是"萧红家"，把那一位给省略了。为什么呢？

到了萧红家门口，大铁门拦着，里面有住户，我们没有进去，只拍了几张照片。然后又去了老舍家。老舍家宅院宽敞，门口挂着"老舍故居"和"骆驼祥子博物馆"两个牌匾，很堂皇。可是，多么奇怪啊，我总觉得萧红家更亲切，是因为都是女性的缘故么？

与老舍故居相邻的，便是鼎鼎大名的荒岛书店。老舍的《骆驼祥子》手稿，大部分都写就于荒岛书店的自制稿纸上。而萧红萧军他们也是在荒岛书店听从了店主的建议，从这里投奔向居于上海的鲁迅先生——文学世界的大光明。

在荒岛书店外面，我拍了很多张照片。这房子很新，早就不是原来的，不过这有什么要紧呢。只要他们真的在这里留下过印记，那他们坚实的存在感就会像这块沉默的土地一样，就像这座沉默的崂山一样啊。

It's a long way to go

在他们的旧址上

Chapter 02

在他们的旧址上

2020 年 10 月 30 日

坐高铁，从郑州东站出发，去长沙。读冯友兰先生《西南联大时期的回忆》一文，写到当初准备去长沙时，先到济南，从济南到了郑州，再换京汉路火车往汉口，"在郑州住的时候，我建议上馆子吃一顿黄河鲤鱼。我说，不知道什么时候才能回来，有机会就先吃一顿。在郑州，又碰见熊佛西，三个人一同去吃黄河鲤鱼"。对黄河鲤鱼可见喜爱。我在郑州常吃黄河鲤鱼，先吃鱼鳞。鱼鳞炸得金黄，十分香脆。整条鱼身是先勾芡炸一下，定型后再红烧。端上来后鱼头对着最尊贵的客人，一定要喝鱼头酒的，劝酒词是"鱼头一对，大富大贵"。如果请冯友兰先生吃黄河鲤鱼，不知他的规矩是什么，或许是没什么规矩，他会说：动筷子，吃吧。趁热吃。

中午抵达长沙南站，打车至午餐点，各路朋友聚集后吃饭。饭后先到湘雅医院，这里有长沙临时大学的部分教授寓所。北大、清华和南开在正式组团为西南联大之前，在长沙的名字就叫国立长沙临时大学。国立长沙临时大学的理科院校在韭菜园的湖南圣经学校校址，工学院在湖南大学的岳麓书院，而文学院则在南岳衡山的圣经学校。此行去不了衡山了，韭菜园和岳麓书院在行程之内，还有清华大学最初修建的校舍之地左家垅，甚好。

红砖墙，勾着白线。门头处是谭延闿题写的"湘雅医院"的匾额，时间是1917年。百度上搜了一下，此人身份十分显赫，"曾经任两广督军，三次出任湖南督军、省长兼湘军总司令，授上将军衔，陆军大元帅。曾任南京国民政府主席、行政院院长。1930年9月22日，病逝于南京。去世后，民国政府为其举行国葬"。此外，还被称为"近代颜书大家"，组庵湘菜创始人，蒋介石和宋美龄结婚，他还是介绍人。每一个名号都能写一本书了。可是没有来到这里之前，我居然从不曾听闻过他。

可见对于写作而言，实地行走之必要。

先看了湘雅历史文化长廊。然后走到曾经的西南联大教授寓所处，都是原址原楼。红楼绿树，静美怡然。这是历史曾经发生之地，历史已经退场，唯余沉默。然而历史的沉默从来都不是真正的沉默。你不知道它会在什么时候发出自己的声音。

然后去的是圣经学校旧址，这是长沙临时大学的主校区。现在是长沙市政府机关二院了。征得管理处人员的同意，我们进了楼。仅看楼梯前几级向外延伸出来的半圆形踏步就可见房子的讲究。在楼道里稍做流连，便去看了地下室，又去看了防空洞。当年师生们曾在这里躲避日本飞机的轰炸。找寻颇费了一番功夫。地下世界曲折迂回，每个人都把手机的手电筒打开，像举着一盏小小的灯。天花板有掉落的线，地上也有杂物，据说还有蛇。蛇也拦不住我们。走了好一会儿，终于看到了防空洞，小小的，必须弯腰才能进去。其实也没有什么好看，可我们非要看到它，也并不是因为它好看不好看。

出来，向上走着，感受着温度一点点升高。出门看到两棵大树，像是广玉兰。问了一下别人，确认是广玉兰。广玉兰又名荷花玉兰，因为开起来像荷花。

楼前立着一个牌子"湖南省省级文物保护单位 圣经学校旧址",时间是2011年1月24日公布,2012年4月20日立牌。公布和立牌间隔了居然一年还多。在犹豫什么呢?当然也可能不是犹豫,只是暂时搁置在了一边。2011年才成为保护单位,也不差这一年立牌。在很多人心中,这不算是什么要紧事。

背面介绍的文字是:"由美国内地会传教士葛荫华于1917年创建,1937年8月,由北大、清华、南开大学在此设立长沙联合临时大学,校本部设在旧址内……1951年由湖南省基督教三自革新会接管,1955年并入北京燕京神学院。"而现在属于长沙市政府机关。在很久以前,还曾是红八军军部驻地。这座老房子里,聚集着多少往昔的信息啊。

今天要去的最后一个地方是左家垅,到时已有暮色。昔日的和平楼和民主楼如今都是中南大学的楼了。学生们来来往往,看我们一群人在这里,不时回首,也许是有些好奇。"长沙文物"的标牌并不清晰,也无介绍。这些孩子们知不知道有一段怎样的故事就在他们身边发生?宿管阿姨说:"我不知道啊,不知道。对不起啊。"她大概也并不认为自己应当知道,可她很聪明地感觉到，对着我们这一群不速之客，她应当礼貌性地为自己知识的欠缺表达歉意。于是便很热情的，有些羞愧的，却又是极爽朗地应答着我们。

和平楼，民主楼。和平，民主——中国的每个城市，几乎都有这样的路名吧。

10月31日

早餐后先到岳麓书院。游人如织。在门口合影时遇到一众女子在合影，或青衣或黑衣，头戴道士帽，像是修行的道姑。她们拉着的横幅是"访千年人文学府，寻古贤圣者丹心"，副标题是"南岳坤道学院爱国主义教育实地教学之旅"。实地，这个词打动了我。是的，有些事情必须是实地，这太重要了。当年那些教授和学子们顶着烽烟炮火，千里迢迢来到这实地，固然是为了教和学，但哪里只是为了教和学呢？"千秋耻，终当雪。中兴业，须人杰。"西南联大校歌里这十二个字，字字都落在了实地。如刀枪，如剑戟，如金石，如鲜血。

爱晚亭秋色正浓。亭上亭下，人来人往，热闹得如赶集一般。基本上都忙着拍照，我也拍。拍啊拍。怎么拍都躲不开人。终于放弃了，便回去。回去路上碰见同行的朋友，他们和我打招呼，居然吓了我一跳。是的，我走路不喜欢看人。他们笑我：走路直愣愣的，一条道儿。没错，这是我的毛病。知道是毛病，也不想改。就这样吧。

回去途中歇脚，和闻黎明夫妇在树下聊天。闻黎明老师是闻一多先生的长孙，是中国社会科学院近代史研究学者。作为西南联大研究的首席专家，他还兼顾着《我们的西南联大》电视剧和"西南联大"文旅线路的学术顾问的身份。同行的卢一萍因为崇敬闻一多先生，用的头像就是闻一多先生，得知了闻黎明老师的身份，他有些忐忑，问我："没关系吧？"我说没关系。此时还是问询了一下闻黎明老师，他果然爽朗应答：没关系。这有什么呀。挺好的。——不禁得意于自己当初的判断，作为闻一多先生的后人，他怎么可能不理解呢？不欣然呢？不悦纳呢？不可能的。

还跟他们合了影。闻老师说：在树下？还是找个地方吧。找个有标志的地方。于是我们起身，走了几步，在有"湖南大学"标志的红楼前合影。

午餐在毛家饭店，好吃。餐前负责会务的小哥买了当地鼎鼎有名的"茶颜悦色"奶茶，排队的队伍很长，小哥说排了很久才买到的，让大家尝尝。那就尝尝。我分到了一杯冰的，平日里很少喝冰奶茶，我慢慢啜饮着，和平日里喝的奶茶似乎也没有什么两样，不过到底是加了冰，感觉清凉醒舌，也是好的。

下午坐车，是极漫长的坐车，饭后坐车自然是要睡的。醒来看见路边的山，山不高，云朵围绕，宛若仙境，已然快到湘西地界了。在官庄和三渡水分岔处的大桥上停下，拍照。闻黎明老师说联大师生们在此曾遇土匪。但是土匪们也没有为难学生们，盗亦有道。想当年这里是多么偏僻的路径，必定障碍重重，阻塞难行，而此时却是在平坦敞阔的319国道上了。

到马底驿乡牧马溪村的路段徒步时，天色已经渐渐暗了下来。暗色中却时时看见一团团的白色雏菊盛开着。这不养自旺的花啊。两边标语"禁捕退捕全民拥护，换条新路发财致富。""当下的禁捕退捕，今后的金铺银铺。"还有特别严厉的"严禁非法采砂！深入开展河道采砂扫黑除恶集中整治行动！"落款都是"马乡宣"。

路边稍微宽敞些的地段定会盖所房子。房子是好房子,地段也都是好地段。不过,难道他们不嫌吵么?反正我是睡不着的。在外出差住酒店,但凡房间临着路,我一定会要求换房,因怕路上的杂音。和朋友们探讨这个问题,他们说农民不怕吵,只是希望能够便利。要想富,先修路。要想富,靠着路。有路总归穷不到哪里去。

他们的房子真是鲜艳。一定会有罗马柱,且七彩缤纷:绿色,红色,白色,金色。甚至同一栋房子,二楼的罗马柱是绿色的,一楼的就是金色的,而房檐的装饰砖是红色的,外墙贴的瓷砖则是黑白灰相间的……让人眼花缭乱。和朋友们探讨,有人很感慨地说,以前也不能理解,后来因为写东西去农村住了一段时间,就完全能理解了。在一个小环境里,人的心理就是跟周边比。周边都这样,那咱也这样。这样岂止是最时尚呢?也最安全。

他们说服了我。是的,不能用城市的审美标准去看乡村。如果住在村子里,我说不定也要盖这样的房子——简直是一定的。

有一个男人一直默默地跟着我们。后来和他搭话,才知道他是村主任,姓向。为什么跟着我们?他说不知道我们是做什么的。没有说出口的意思,我们当然也都明白。在这条路上步行，必定是怪异的。事实上，这条路上除了我们，没有步行的人。

晚上到了沅陵，吃饭的地方叫"背篓人家"，这名字让我不由得想到《小背篓》这首歌，宋祖英的成名作。很久没听到她唱歌了。菜不错。或许是都饿了，又或许有酒的缘故，再或者是菜量不大？大家都吃得很欢，顷刻光盘。有四个菜都各加了一份。其中的粉丝煲和豆腐，着实美味。

吃得差不多了，我先悄悄离席回去，因为须得赶快发一封邮件。下楼的时候，看到一排红帖，都是东家的请客告示，有一张是夫妻两个"为母亲庆贺生日"，中间是个大大的"寿"字。另一张是夫妻两个为儿子举办婚宴，中间写着"新婚庆典"，还有一张嫁女儿的，是"千金出阁"，再一张就是"喜得贵子"。这一排红帖，男婚女嫁，生儿育女，高堂贺寿，全都有了，上有老下有小，承担者全是中年夫妻。最难过的中年啊。

这些细节，汪曾祺先生若是看见，也会写吗？想来也会写的吧。

又想起了闻一多先生。因为闻黎明老师的缘故，便常常觉得这一路也有闻一多先生的气息随行。西南联大从长沙迁往昆明时，男生244名，组成了湘黔滇旅行团，老师11名，组成了辅导团，闻一多先生便在这辅导团里。他舍弃了汽车火车等相对舒服一些的方式，要求加入这最艰难的徒步之旅。刘兆吉在《闻一多先生二三事》一文中回忆当初的情形："闻先生很严肃地说：'国难期间，走几千里路算不了受罪，再者我在十五岁以前，受着古老家庭的束缚，以后在清华读书，出国留学。回国后一直在各大城市教大学，过的是假洋鬼子的生活，和广大的山区农村隔绝了，特别是祖国的大西南是什么样子，更无从知道。虽然是一个中国人，而对于中国社会及人民生活，知道得很少，真是醉生梦死呀。国难当头，应该认识认识祖国了！'"从1938年2月20日到4月28日，68天，3500里。闻一多先生就这样用脚板一步一步丈量了祖国的土地，以这样的方式重新认识了祖国。

资料里有一首当时的歌，由语言学家赵元任填词，名为《迢迢长路去联合大学》：

It's a long way to Lianhe Daxue
迢迢长路去联合大学

It's a long way to go

迢迢长路

It's a long way to Lianhe Daxue

迢迢长路去联合大学

To the finest school I know

去我所知最好的学校

……

虽然不曾听到旋律，可只看歌词就想落泪了。

11月1日

今天是西南联大的校庆日。1937年11月1日，长沙临时大学正式开课。算一算，83年过去了啊。

上午坐车，十点多到凉水井镇中学。教导主任刘忠接待我们。没有孩子上学，是周日。学校设施看着很不错，操场崭新。我在操场上疾走了一圈，那边校舍走廊下，一个妇人带着孩子，平静地看着我。当然也可能不是在看我。校园中间几棵极大的香樟树，还有一棵广玉兰。红叶落地，我拍了几张特写。这种特写看不出是什么地方拍的，却也可能是在任何地方拍的，我喜欢这种感觉。

刘忠主任的神情似乎总是有些茫然，也难怪。这中学解放后建学，肯定和西南联大没什么具体的历史关联。说到西南联大，也只能根据时间和线路推测，因为学校在路边，只能说当初那些师生是有可能路过歇脚的。他说国庆节前，也有一群人路过这里询问西南联大。什么人？清华大学的。这信息让我心里很安慰。原来，一直有人记得这条路，记得这条路上曾经的那群人，跋山涉水想要去读书的那群人。——突然想到张英聊起的腾讯正在规划中的"我们的西南联大"文旅线路，如果这个规划真能落地，应该也会有很多人愿意像我们此行一样，遥望着前辈们的背影，叠印着他们的足迹，踏上这一段既旧且新的行程吧？肯定是的。

离开时，到校门口留影。大家感叹，这地方，一辈子可能只来一次。其实，有很多地方都是如此，一辈子一次。这一次，便是佛家所言的一期一会吧。是奇异的限量版的缘分。

午饭后到了新晃县的龙溪古镇。很多古镇都是新的，这个古镇还真是有古意。

先到了一个三岔街口，一户人家门前支着一排雨棚，第一个棚下起着炉灶，正在做热气腾腾的大锅菜，看着像办白事，一打听，果然是。另几个棚下的人们，吃饭的，聊天的，打麻将的，玩游戏的，一派热热闹闹的景象。这场景我很是熟悉亲切，在我们豫北乡下也是如此。民间白事必是人多热闹才有体面的。就是这样的办法。

看了好几个院子，都有特色。万寿街53号的三益盐店，就是清华大学、北京大学和南开大学的"旅行团辅导团驻址"。向前走几步左转是若水居，取名《道德经》里的上善若水。大门口右墙上有几块标牌，其中一块是"中国乡村儿童联合公益西南办"，"西南"二字，如今总是让我习惯性地联想到西南联大。若水居对面的临阳公栈，是梁思成和林徽因当年旅居之地。这是福寿街8号。门锁着，一辆带着雨披的电动车横在门前，我们还是一一在门前合影，照出来的样子都有些准备骑电动车而去的架势，倒也有趣。前行继续左转，再左转，几乎走了个环形。还看了"清匪反霸展览馆"，简要展示了当年的土匪情况，让我们大长见识。龙溪书院里有龙溪讲坛，很是气派。出得门来，一株绿植上的警示牌让人不禁莞尔："带来安定的是两种力量：法律和礼貌。"有些出乎意料，却也有莫名其妙的说服力。还看到一则标语："甜甜怀化，对毒品永远说不。"有一种莫名的喜感。对了，还看到了一座灶王宫，门两边是浮雕狮子，可爱得如《狮子王》里的辛巴，门牌分别是"古夜郎（湖南新晃）神功绝技队"和"湖南省新晃侗族自治县道教协会"。不由让我暗暗赞叹。

有一条很大的河一直随行着，应该是穿镇而过的。水很清，一看就是《边城》里的那种水质。叫舞水河。舞是带三点水的，我打不出来，只好作罢。听本地向导说，湘西很多地方都建有从文广场，真好。

11月2日

六点半叫早，其实醒得更早。心里有事，就睡不踏实。一夜做梦，也不知道梦了些什么。起床后收拾行李，忙乱到了六点三刻，下楼，去吃早餐。早餐还没做好，原本这饭店是七点半才开始供早餐的，被我们打乱，服务员们也是满脸不悦。不过到了七点十分，还是吃到了鸡蛋、豆浆、粥和各色蔬菜。甚至还叫到了一碗粉，都是最新鲜出炉的，最热乎乎的。应该都是头一锅吧，挺好。——再不好的事情，也总有好的一面，中国式哲学吧。

乘车去怀化搭高铁，约九点到了怀化站。检票进站，九点四十八分的高铁，时间还充裕。就是没睡够，累。上了高铁就睡，醒来就看见车窗外明明暗暗，在隧道和山间穿行。

高铁午饭照例不好吃。土豆牛肉、炖南瓜、辣子鸡都是意料中的难以下咽，最好吃的竟然是咸菜，还有米饭本身。平时也不爱吃这两样，大约因为其他的太难吃，这两样相比而言居然好吃了。

下午一点半到达昆明南站，继续坐车。一出站就过隧道，看到隧道的名字居然是"联大街隧道"，问接站的人：是西南联大的那个联大吗？答曰：是啊。很快又看到了路牌上的"联大街"路名。据说还有闻一多路。是的，他们是应该被像道路一样纪念的，太应该了。

驱车直奔蒙自。快到阳宗海的时候碰到了事故堵车，等了好一会儿。路上停车数次，去卫生间。和张英、卢一萍和夏榆同车，聊天愉快。一路看两侧景致，铅云低垂于大山之顶，山下是一片片或大或小的村镇，有浩然之感。真是美啊，到底是高原。

六点二十左右到达蒙自，进到房间就又出来去吃菌子火锅。一天坐车奔波，高铁是从怀化过贵州才到昆明，昆明又跑了这几百里到蒙自，和平日里比，真是有些辛苦的。可是想想当年的西南联大，却又是惭愧于这辛苦的。

冯友兰先生在《西南联大时期的回忆》一文中提到蒙自："胡适已经出任中国驻美大使了，联合大学的文学院院长由我担任。当时昆明的校舍不敷分配，又把文学院分设在蒙自。蒙自原来是中国和越南通商的一个重要城市，那里设有海关。后来滇越铁路通车了，蒙自失去了原来的重要性，海关也迁走了。海关衙门空着，联大文学院就设在海关衙门里面。……那座海关衙门久不住人，杂草丛生，好像一座废园。其中蛇类很多。有一位同事，晚上看见墙上有条大裂缝，拿灯一照，一条大蟒倒挂下来。"

吃晚饭时坐了两桌，听见闻黎明老师在隔壁桌侃侃而谈明天的行程，觉得心里很踏实。他是我们此行的定海神针。

11月3日

八点起床，睡得特别放松，特别舒服。

十点出发，先去西南联大蒙自分校纪念馆，即哥卢士洋行旧址。在南湖边上，门口是碧色茵茵的小广场。这里其实是个旧址群，另几处是海关旧址，海关税务司署，法国领事府，法国监狱，法国花园。建筑法国风兼具中国风，这就对了。在中国，想保持纯粹性是困难的。

在纪念馆里，重温西南联大的历史。这一路上，就是在不断地重温。这一节历史的大课，值得我们复习，再复习，一遍一遍复习，常读常新。师生们从长沙到昆明的路上留下了一些珍贵的史料级别的照片，我一一翻拍下来。看看啊，看看他们都经历了什么：他们睡地铺，挑脚泡，在野外支锅做饭，在极简陋的茶馆小憩，闻台儿庄大捷师生们举行了庆祝大会。听说前方有匪，他们走小路行军。在贵州炉山（今凯里）时，苗民给他们跳了竹笙舞表示欢迎，曾昭抡教授跳了华尔兹作为回礼。他们还毫无浪费地进行了学业：对沿途之地进行了人文社会考察与地理写真。由国人来做这件事，这在湘黔滇的历史上是第一次。其中很著名的成果就是哲学心理教育学系的学生刘兆吉组织的诗歌采风小组采集到两千多首民谣，后来在闻一多先生的指导下编成了《西南采风录》。政治系学生钱能欣则根据自己的日记整理出了《西南三千五百里》，他后来回忆说："临行前，我看了能找到的所有资料，遗憾的是关于我国西南地区的记录多是外国人做的，更多的竟是日本人。因此，出发前我已经有准备，要把沿途的见闻记录下来……我要写一本中国自己的西南实录。"

"经过艰难徒步的天之骄子们，再也不会觉得祖国和人民是遥不可及的抽象概念了。"——展览图片上这句话，深得要义。

在"一下楼"处，黎明老师讲闻一多先生如何得到"何妨一下楼主人"雅号的故事，讲得声情并茂，众人便伫立良久，不时欢笑。这个故事其实早已熟知：闻一多先生因特别惜时，在讲课吃饭外便久在楼上做自己的研究，很少下楼，毗邻而居的郑天挺教授便劝他："何妨一下楼呢？"遂成典故。但在此时此地，听闻黎明老师讲闻一多先生，意味自是不同。突然想起冯友兰先生在《回忆朱佩弦先生与闻一多先生》一文中写到他们在长沙时,有一次吃饭,议论菜太咸:"一多用注经的口气说:'咸者,闲也。所以防闲人多吃也。'"随时用典,也随时成典。这就是大家风范。

出得馆来,在"刚毅坚卓"校训前拍合影照,然后去找当年的南美咖啡馆。在东大街34号。路遇东门井,也称甜水井,是一口古井,明朝凿的,距今已经六百多年了。只因这是西南联大师生们的主要饮水源,这井看着就不一样起来。嗯,是的,是一口有文化气息的井。如果能喝一口井水,我想,这水应该也不是那么简单的甜。

南美咖啡馆居然还颇能看出旧时风韵,虽然只是小小的一个开间。三四节台阶上去,蓝绿色的木门紧闭着,斑斑驳驳地封印着往昔的时光。因离越南近,这里当时便有数家咖啡馆。我们此行能看到的遗迹,却只有这一家了。于是纷纷在它前面留影,然后去周家花园。周家花园曾是西南联大的女生宿舍。"每当夜晚来临,风声呼啸,在摇曳的烛光中,思乡的女孩担心着国家和自己的命运……她们管这栋楼叫'听风楼'。"介绍如是说。所谓的"风声雨声读书声声声入耳,家事国事天下事事事关心",应和她们的心境。声声入耳,也是声声相和,事事关心,也是事事相牵。其实从来都是如此,岂止是那些年的那些时刻?不闻窗外事,只读圣贤书,这样的心理要么是自欺欺人,要么是掩耳盗铃,要么就是真的迂阔。

午饭吃的是米线套餐,虽然价格不是很贵,可是硕大无比的碗,琳琅满目的各色配料,靓丽的歌舞伴宴,还是让我有奢侈之感。这一次西南联大行,今昔对比,总让我有这种感觉。当然这种感觉也难免矫情且并不见得健康。便自我劝慰说,前辈们那时吃那样的苦,不就是为了我们今天能够享用这样的日子么。于是获得阶段性心安,呵呵。

午饭后继续徒步而行,绕着南湖。先至闻一多先生纪念亭,立有一块石碑,题着他的诗"诗人主要的天赋是爱,爱他的祖国,爱他的人民"。闻黎明老师说其实不是闻一多先生的诗,是熊佛西在闻一多殉难后的追悼文章中回忆闻一多说的话,1924—1925年他们住在纽约万国公寓,来往密切。当然,著作权在此事上并不那么重要,似乎从没有人计较这个。我请求和闻黎明老师在碑前合影,他欣然允诺。跟我合影后,他又请大家跟他一起合影，说是要留个珍贵的纪念。合完影，他还向大家一一道谢。作为此行年龄最大的长者，且又有着这样特殊的身份，他却如此谦和，如此平朴，这真是让人感慨。

又行了几步路，便到了南湖诗社，这里曾经是西南联大的诗社，门楣有"山高水长"的匾额。转过去，另一面的匾额是"千秋不朽"，墙上却还贴有公益相亲角的标记，也是有趣。

南湖南路1号是蒙自海关旧址，也是西南联大蒙自分校教室旧址，同时还是蒙自大清邮政总局旧址。——旧址，旧址。这一路看了多少旧址啊。没有精神的光亮，有些旧址就只是旧址，而有些旧址——如西南联大的这些旧址——却一点也不旧，随着时光的擦拭反而会越来越新。有同行者把西南联大的精神比作石油，一言珍贵，二言作为母体贡献之丰。精辟。

看完法国领事府旧址，基本就是绕湖一周了。南湖不是很大，却颇有清明幽翠之美。陈寅恪先生曾作诗《南湖即景》："风物居然似旧京，荷花海子忆升平。桥边鬓影还明灭，楼外歌声杂醉醒。南渡自应思往事，北归端恐待来生。黄河难塞黄金尽，日暮人间几万程。"——想起了冯友兰先生的女儿宗璞所著的《南渡记》和《北归记》。

接着去的是碧色寨。这里是滇越铁路第一站，浓缩着滇越铁路的历史。老站台的颜色十分悦目，这也是时光的礼物。站台对面的候车厅已经成为一个展厅，展览着许多旧照，基本都来自《滇越铁路——一个法国家庭在中国的经历》这本书，作者是皮埃尔·妈尔薄特。晚饭在"哈尼人家"，一大桌子人围坐，让人心生团圆美满之意。我们这一行人，走了这么长的一段路，虽然时间不长，走得也不艰苦，却因西南联大之名，取了精神的暖。值得珍爱。

晚饭后集中观看由云南省和腾讯联合制作的电视剧《我们的西南联大》，已经定档，不久后就会开播，我们这是享受了先睹为快的小特权。此剧是从普通学子励志成长的角度来演绎这段历史的，虽然只看了三集，却也能感觉到，这个角度真是再合适不过了：热血青春，文化抗战，民族大义，联大精神，都能融会于其中。这几日浸泡在西南联大的氛围里，所以代入感很强。若非不能熬夜，真想一集接一集地看下去。

11月4日

早餐后前往昆明。中午时分恰好赶到昆明老街，午饭定在了福照楼，在去福照楼的路上，要经过东方书店，这是西南联大的教授和学子们曾频频光临过的书店啊，岂能不去？于是众人被绊住了步子，在那里流连起来。肚子不饿的时候，精神食粮的吸引力总是更胜一筹的。

被会务小哥喊了好几遍，才终于在福照楼集齐，分两桌开餐，其乐融融。早闻福照楼是很有西南联大风格的，果然。是一幢两层的木质老建筑，深红与青灰绿的色调，庄严端丽，目悦心怡。匾额有"浩然正气"，有"刚毅坚卓"，有"停课听雨"，包间内皆有对联，我们的两个包间，一间是冯友兰题的匾额，陈寅恪的对联："无事静观言行录，有时还读古今书。"另一间是蒋梦麟的对联"汉唐时物玉石古，神仙中人岁月长"，匾额是"山涛入梦"。就连服务员们都穿着西南联大的校服，确实是很西南联大了。

席间去上卫生间，顺便逛了一圈，看到诸多西南联大教授肖像，店员们说，所有的肖像画均为福照楼的总经理余浩然亲自绘制。还看到了印着教授们简介的书签，赶快挑选了一些。另有西南联大的校徽，也是免费赠送的，自然要不失时机地拿上一枚。根据诸多西南联大名人的日记记载，店里还研发了数十道菜，分为文科版与理科版。包括定胜糕、跑警报、昆明滋味、得胜桥等。其他几样倒也罢了，最让我们意外的是"昆明滋味"。此时的昆明滋味，自然就是西南联大的滋味，什么滋味？原来就是咸香辣各种味料腌制的石头子儿，筷子夹起来，送到口中，像婴儿般的嘬，把味料嘬掉，把石子儿嘬干净，然后呢，放入店方送的小塑料袋中，带回去做纪念。

这自然是噱头十足。店家是聪明极了，能想出这个绝妙的创意。只是定价狠了些：九十八元。这样的高价，实在是有溢价过高的嫌疑。当然，客既愿意来这里吃饭，恐怕也不介意溢价过高。不过说到底，溢价过高到底显得不那么厚道。况且既是打的情怀牌，何妨大方一些，将这道菜送了呢？原料成本显然不值多少，送也便送了。送一道菜，博个贤名，也合了西南联大的精髓，从大账面去算，肯定也是只赚不亏的。

席间还有一个插曲：服务员们唱西南联大校歌。稚嫩的脸，清脆的声音，唱着如此浑厚悲怆的歌，似乎是不相称的。可是在我们这群人的心境中，此时此刻，又觉得如此相称。当然，歌者和听者最相称的现场应该是长沙，是沅陵，是蒙自，是所有西南联大的旧址啊。

午饭后又去东方书店流连了一会儿，进门时注意到了"东方书店八不卖"的标牌，很喜欢。特录如下：心灵鸡汤不卖，成功励志不卖，成仙修道不卖，禁闻野史不卖，厚黑谋略不卖，发财宝典不卖，养生保健不卖，算命卜卦不卖。

一进书店就走不动了，在民国专柜里站啊站啊，听众人讨论哪些书好，记下了一些书名，《西南联大的背影》《西南联大——昆明天上永远的云》《西南联大二十五讲》《抗战强音——昆明广播电台与西南联大》《郑天挺西南联大日记》《梅贻琦西南联大日记》等都在其列。其中易社强的《战争与革命中的西南联大》被公认为最佳联大校史。拍下了一些照片，方才恋恋不舍地离去，前往龙泉镇——这也是我久已向往的地方。

其实已经很不像是镇了。已经全无镇的痕迹。这里有闻一多和朱自清的故居，是类似于一栋北方四合院似的建筑，黑瓦白墙，绛红门窗。里面陈列着闻一多先生的画作，闻一多先生写给妻子情意绵绵的信札，还有教授们的居家照片……所谓的"水不在深，有龙则灵"，而在这里，龙泉的龙，就是他们。不远处就是闻一多公园，公园里的主体建筑就是闻一多纪念馆。跟着闻黎明老师，我们又看了一遍纪念馆。重温，再重温，越看越详尽，越看，内心的某个地方也越灼热。

对了，这里也是清华文科研究所旧址。——旧址这个词，突然又从脑海里蹦了出来，格外鲜明。西南联大，这所实体早已消逝而虚体定会长存的大学，给我们留下怎样的精神旧址？在这旧址上，我们不断地复习着这一节纬度宽阔的高能大课：爱国，战争，时代，启蒙，自由，文脉……仰取俯拾，一树百获。我毫不怀疑，西南联大能让我们提取的东西会越来越多，越来越多。

也就是在这里，我和众人告别，去往机场，奔赴回程。坐在车里的时候，我知道我在地理意义上离西南联大越来越远，可是在心理意义上，我和西南联大越来越近，越来越近。

敦煌日记

早上醒来，往窗外看，天已经大亮了，对面屋顶处可见润润的蓝。手机闹钟还没响。看了一眼，才六点。难得醒得这么早。这是被敦煌的天光叫醒的。天光也是有声音的啊。

洗漱完毕，去吃早餐。住的这家民宿叫"敦煌画院"，听着像个官方机构似的，却是一间纯民宿。餐馆叫作"清莲素食馆"，全都是素菜，这很可我的心。结婚之前，我一直吃素，结婚之后才开始沾上荤腥，蛮符合饮食男女的规律。如今的口味又开始偏素，莫不是有清水出尘的倾向？

出发时间原定是八点。七点半走进餐厅，里面还没什么人，冷冷清清的。拿好了菜，进到一个隔断，才看到网络大咖茶哥坐在那里。昨晚才认识的,他是上海人,带着上海人特有的腔调,清傲温和,稍显冷峻。他在看手机,面前只有一碗粥。我们打了个招呼,彼此静静吃着,没有多话。这是否证明我们两个人都挺强大的?呵呵。平日里见过太多这样的场面,两个人对坐,总要说些什么,陌生人要寒暄,熟人要热聊,不生不熟的人更要找找话题填补沉默。其实,若没什么好说的,那就不说话罢了。各自忙各自的,各自想各自的,有什么呢?只要碰到人,就把自己处于交际状态,其实也是变态。只因变态者众,竟成常态,想要回到正轨,倒是显得变态了。

这个活动的邀请方是"今日头条"。这两年,相比于文学界的活动,我对这种跨界活动的参与更有积极性一些,因为更有意思。此次活动主题是探秘敦煌"未开放区域"。所谓的"未开放区域",指的就是没有向游客开放的正在修复中的洞窟。敦煌我已经去过两次,按说很难再有兴致,可是地方和地方不同,新疆、内蒙古、西藏、云南和贵州这些地方我都去过不止一次,每次去却也都是兴致盎然。敦煌自然也是如此。更何况还有"未开放区域"的诱惑呢。

距离上次去敦煌，怎么说也有十年以上了。比十年之前，如今的自己，也许更适合看敦煌。年轻时候，旅行的意义就是看稀罕，赏风景，打卡拍照。年纪渐长，才知道，风景在那里，什么景入什么眼，既和旅行者有关，也跟旅行者的心境阅历有关。即便是同一个人，二三十岁和四五十岁看的是同一处风景，感受也不会一样。"感时花溅泪，恨别鸟惊心"，怎么可能一样呢？

从郑州到敦煌没有直达的航班，常规是从兰州转机，昨天我从兰州到敦煌的第二程是春秋航空的航班，办理登机牌的时候，居然要求我必须托运行李。箱子是标准的登机箱，没多少东西，轻得很，从没有托运过，乍一听到要求托运的指令，真是不爽。听到加收行李费七十五元，就更不爽。不过也没有过多争执，只是评价了一句"你们真奇葩"。——争执的成本很高，包括时间成本精力成本情绪成本等等，而且，以过往的经验会知道，争执到末了往往还是不得不依从。于是乎，就是如此：反正没有什么效果，不如早早省口气。这当然是极其苟且的选择，与其说是精致的利己主义者，不如说是懦弱的利己主义者……无数不合理的事情，人人都能看到，却难以改进，恐怕就是因为有我这样的心理普遍存在吧。自责一下。——自责之后呢？下次会改进吗？会去抗争吗？深问下去，答案绝望。简直不敢面对。惭愧之至。有时候想想，什么人遇到什么待遇，基本是活该。

飞机一起飞，就开始颠簸，听播报说是遇到了气流。要翻越祁连山，有气流也是正常的，可我也怀疑这个航空公司飞行员的水平。但凡机身稍微平稳几分钟，就有乘务员出来兜售东西，真真也是够了。同机有一批中学生，穿着统一的服装，应该是暑假旅游去的，如今这叫"游学"了——在旅游中学习。飞机一有大幅度颠簸，他们就会惊呼。原以为他们是害怕，后来才知道他们只是夸张地表达自己的激动和兴奋。气流贯穿了整个航程。下飞机的时候，我听见有孩子说："这飞机坐的，跟过山车似的，过瘾！"

傻孩子们。当然，此时的他们，也应该傻。不傻不可爱。

还看到了雪山。祁连山自然是应该有雪的。雪山出现的时候，我就目不转睛地盯着看。雪山如同神迹，是最让我敬畏的人间景致之一。每次在飞机上看到雪山，我都会忍不住想象，如果飞机失事，掉落在雪山上——

当然是天雷地火，血肉横飞，而不是投入了母亲的怀抱——可我就是忍不住想象，是否能触到雪的清新冰凉。而在陆地上遥望雪山，比如在新疆遥望博格达，在林芝遥望南迦巴瓦，在玛旁雍错遥望冈仁波齐，我却从未有过一丝欲念，想要攀登到雪山顶上。真的，从未有过。有些存在，只适合遥望，只适合膜拜，只适合敬仰，只适合保持距离。这样才是最好的，最美的。是的，是这样的。

在飞机上，我喜欢选靠窗的座位，用手机拍照。什么景致都喜欢。河南的大平原，初春麦苗的嫩绿，深秋玉米晒在屋顶上的金黄，都是好看的。工厂区红红蓝蓝的彩钢屋顶，也是好看的。飞机飞得再低一些，就会看到大片大片的树，那么密集。在路上行走的时候，会觉得树木是稀疏的，一棵和另一棵之间，有好几米呢。可是在飞机上俯瞰，它们就都被抹在了一个大而化之的色块里。

而在这大西北，另有一番景象。大漠的曲线，惊人地细腻。颜色乍一看很单调，仔细瞧去，却能分出无数层次来。那些道路，那些水流过的痕迹，那些似乎是什么崩溃后从山坡上倾泻而下的由窄到宽的巨伞形状，都有一种惊心动魄的美。至于西藏，从飞机上俯瞰，更如仙境。有一次，我从拉萨返程，看到了怎样一幅景致啊：最上面是雪山，洁白的巍峨的不可亵渎的雪山，然后是逐渐浓翠起来的山谷，一道山谷挨着一道山谷，每一道山谷都有白云飘游，在山谷的最底部，是宝石般的绿色河流……那一刻，在心里跪下了。

早饭过后，八点一刻，我们在大堂集中，准备出发。整个团队有将近三十个人，嘉宾九个，摄像组十个，其他的是"今日头条"的工作人员。发了统一工装，是黑色T恤，前胸后背都打了"未开放区域"，还发了一把小扇子，扇面上也是"未开放区域"。未开放区域，啧啧。

上车，出门，向右一看，原来紧挨着酒店的就是夜光杯博物馆。我第一次来甘肃，就买了一盒子夜光杯，至今也没打开用过。曾经也是个购物狂，每到一地就是买买买。如今终于稍微学会了控制——昨晚在夜市，也还是没有控制好。朝南方向，远远看到鸣沙山。鸣沙山，月牙泉，二者不可切割。曾经写过一篇散文，叫《月牙泉》，后来《西部文学》杂志约稿，又写了一篇名为《月牙泉》的短篇小说，获得了第二届西部文学奖。《月牙泉》那首歌自是耳熟能详：

　　就在天的那边　很远很远
　　有美丽的月牙泉
　　她是天的镜子　沙漠的眼
　　星星沐浴的乐园
　　从那年我月牙泉边走过
　　从此以后魂绕梦牵
　　也许你们不懂得这种爱恋
　　除非也去那里看看
　　……

清澈，纯真，忧伤。说实话，歌词未见得很好，歌的魅力归根结底还是音乐占了最重的份额。

第一站是敦煌石窟文物保护研究陈列中心，百度百科如此介绍这个中心："……与莫高窟隔河相望，占地面积两万多平方米，建筑面积五千多平方米。由日本政府无偿援建，于1992年2月开工，1994年3月落成，是中华人民共和国和日本国友好的象征。"

在外面的广场上等工作人员办手续的时候，我注意到了"敦煌石窟文物保护研究陈列中心"这几个巨大题字,落款是段文杰。

段文杰先生,我久仰其名,对他有更多的了解,却是因为随身带的《莫高窟史话》。这本书是敦煌研究院编著,樊锦诗先生主编。段先生是敦煌研究院第二任院长,樊先生是第三任,刚刚卸任。昨天下午则是刚刚上任的新院长赵声良先生的首次公开演讲,我因到得晚,没赶上。没赶上就没赶上吧,也是命里注定。年轻时候,我会为错过什么事情而痛心疾首,现在难得如此了。命运的安排,没有什么错过。所谓错过,皆是注定不遇,这是岁月让我明白的道理。而严格地说,赵先生现场演讲这种事,也谈不上错过不错过。应该都能在网上看到的。况且我随身带的另一本书就是赵先生的著作《敦煌石窟艺术简史》。窃以为,对一个学者而言,认真读他的著作,是更有意义的。——说来不好意思,我曾一直把敦煌石窟等同于莫高窟,读了他的书才知道,莫高窟是敦煌石窟,敦煌石窟却不止于莫高窟,还有西千佛洞,还有榆林窟等等。

在诸如此类边走边读的过程中,也渐渐懂得了读万卷书行万里路的真正意义。万卷书就是万里路,万里路就是万卷书，要想当个好读者和好行者，就不能只在路面和封面晃悠。之前的我是太欠缺了。因此诸如敦煌之行，于我而言更像是一种补课式的学习。唉，我这个老学生。

还说段文杰。他出生于1917年，1940年考入国立艺专国画系，师从潘天寿、林风眠等人。1944年，他看到了张大千、张子云等人在重庆举办的"敦煌壁画临摹展"，就有了奔赴敦煌之意。1945年，他毕业后去往敦煌，在兰州时听到了敦煌艺术研究所解散的消息，非常失望。此时正好碰到了常书鸿先生——时任第一任院长，常先生说，自己正准备去重庆，为复所努力，让段先生在兰州等待。1946年，段先生跟着常先生来到了莫高窟，再也没有离开。

是的，再也没有离开。他和常先生都是。

给我们讲解的是位中年女士，姓宋，我们称她宋老师，宋老师相貌端丽，体态丰腴，颇有唐朝美人的韵味。她说这个中心有八个复制窟，都是精选出来的西魏、隋代、唐代等各时期的代表窟。

哦，是假的。不知谁感叹了一句。

不能说是假的，只能说是仿真。都是一比一按原窟严格模拟。她严肃地纠正。

我暗笑。却也认同。是的，仿真和假，还是不一样的。

开始了。有摄像组跟着，我们这帮人就有些……怎么说呢，用河南话说，有点儿"带样儿"。遵照导演的指令，这儿来一遍，那儿来一遍，颇有些引人瞩目。摄像机意味着什么？焦点的聚集，视线的聚集，关注度的聚集……那个可以预见的片子，让参与的人多多少少的，不由得都有了些镜头感。不自然，容易变形，这简直是一定的。

在嘉宾群里，我尽量往后撤，怕自己显眼。像我这种银盆大脸的人，上镜一向难看，所以很知趣地想要潜伏，可是就这么几个嘉宾，想要潜伏到底也不大可能，且只有我一位女嘉宾，因此也时不时地被推到前排。没办法，只有忍受。

时间关系，只进了两个洞窟。进完了，以为要结束了，导演又说，需要补拍提问的镜头。我别的没有，就是问题多。好吧，我来。我的问题是，莫高窟壁画里最为经典的反弹琵琶图，仅仅是一种艺术想象，还是可以在生活中实现？——对第112窟的《观无量寿经变》中的那个反弹琵琶图，我印象最为深刻，可以说是日日相见。二十多年前，《读者》杂志曾赠给我一个金光闪闪的小牌牌，刻的就是这个反弹琵琶。

宋老师说，她的个人观点，是倾向于可以在生活中实现的。原因么，真正的艺术不是空想，必定来源于生活。另外就是，有不少人都做过实验，果然实现了。只是反弹那一下，持续时间很短。总之，就是象征性的，是仪式感很强的一个动作。不过，那一瞬间，就是全场的高潮。

是啊，高潮总是短暂的。漫长的高潮，谁也受不了。而且，漫长的高潮，还能叫作高潮么？

接下来就是进非仿真的莫高窟——这真是有点儿绕啊。去往莫高窟的路两侧，绿化得很好。怎么说呢，似乎过于好了。绿草茵茵，鲜花遍地，虞美人、万寿菊、八瓣梅……环顾四周干旱焦渴寸草不生的戈壁和山峦，觉得眼前这景致，有些魔幻。

不一会儿，就看到了莫高窟的标志性建筑：九层楼。这九层楼是印在莫高窟门票上的，如同洛阳龙门石窟的门票印的是奉先殿的卢舍那一样，足可见其重要性。九层楼是俗称，官称是第96窟，里面是莫高窟第一大佛像，高达35.5米。因此还有一个俗称是"北大像"。九层楼正前方是刻有"莫高窟"三个大字的牌坊，这是所有游客都会留影的地方，我前两次来，都在这里拍了照。回头把上两次的照片找出来，估计可以清晰地看到一个人是怎么以悬崖下跌的速度老去的。

游客的队伍很长，前不见头，后不见尾。宋老师说，暑假总是这样人满为患，对景区而言压力挺大。人多，对洞窟的伤害就大。五个人和五十个人，在空间那么有限的洞窟里，温度能一样吗？湿度能一样吗？

莫高窟的旺季是什么时候？我问。

五月份到十月份，都属于旺季。其实，其他淡季来看，也相当不错。

淡季你们也上班吗？问过后就觉得自己的问题好白痴。

是啊，上班。她很平静。说尤其是冬天，尤其是冬天的雪后，没有多少游客，那个时候的莫高窟，特别特别美。

雪后的莫高窟，让我充满了向往。我相信，一定是特别特别美。

因为获得了特权，我们没有排队。但很快被通知，只能进两个窟：231窟和341窟，且每窟只能进六个人，含一个摄影。于是工作人员把我们进行了紧急分组，分成两组，文化组和旅游组，文化组五个人，旅游组四个人。

文化组有盛哥，茶哥，宫殿君，柳下挥，还有我。盛哥的领域是古代匠作工艺，也是美食家。宫殿君是以解说故宫起家，粉丝有两百多万，自称小君。有人开玩笑叫他宫宫，他既腼腆又坚决地表示。柳下挥是信阳人，我的小老乡，也和我一样，说话的口音很不像河南人。我的老家在最豫北，方言口音是晋方言区，他的老家信阳是河南最南端，和湖北挨着，估计是属于鄂方言区吧。

屏声静气地，我们几个鱼贯而入，进了231窟。窟里光线昏暗，适应了片刻我才看到，里面有三位技师在静静工作，整个窟内鸦雀无声，和外面的喧闹仿佛是两个世界。站在窟里，我们的声音都不由自主地低了起来，怕打扰了他们，以及墙壁上的壁画们。

亏得《莫高窟史话》，我对此窟之前有所了解。此窟开凿于公元839年，是中唐的代表窟之一。此窟是吐蕃统治时期阴嘉政、阴嘉义兄弟所建，亦称阴家窟。阴氏，索氏，张氏，李氏，翟氏等，在敦煌历史上都是世家豪族，既有社会地位，也有经济实力，这些大族在莫高窟所建的，都有家窟，且往往在艺术上格外精湛，当然花钱也更多。这些家族为了巩固地位，也会强强联手，互通婚姻，阴氏兄弟的母亲出自索氏就是例证。

阴氏和索氏，这两个姓氏都是大有可说。索氏是商王帝甲的后代，因子丹被封于京索间而始以索为姓。阴氏是殷王武丁之后——我大中原的历史真是源远流长，从如此遥远的支流也能清晰地回溯到根由。相比于其他大族，我更感兴趣的是阴家的故事，太精彩了——大家族的血泪史，在文学价值上往往是一个巨大的宝库。这比喻很残酷，但是准确。

陈菊霞在《敦煌世族与莫高窟营建》一文中写道，大约在汉代，阴氏有先人自河南南阳新野而来，在河西地区从军征战，得以世居敦煌。到了隋唐五代宋，家族格外强盛，除了以军功显赫外，还和武则天称帝有关。武则天称帝后，地方官员为了迎合她，就频奏祥瑞，营造气氛。沙州刺史所奏的四件瑞事里，有一件就和阴氏有关。说是阴嗣鉴看见了一只五色鸟。阴者，母道，鉴者，明也。预示着母道将明——这附会的能力，不服不行啊。"北大像"也是阴氏积极参与所造，可谓为了武则天政权竭力做了宣传工作。

但敦煌也曾长期失守，被吐蕃统治。在吐蕃统治期间，阴伯伦一家就成了吐蕃的主要目标，恩威并施的拉拢之下，阴家众多子弟都出仕吐蕃，日子虽然太平富贵，甚至可谓一门荣宠，却也有难言深痛。阴嘉政即阴伯伦长子，晚年常常忧郁不已，认为自家忠义有亏，于是和弟弟阴嘉义开窟求功德，第231窟由此得建。此窟东壁门上有阴嘉政之父阴伯伦及其母索氏的供养像，壁画上的阴伯伦头戴璞头，靴袍革带，索氏头梳抛家髻，长裙帔帛，夫妻两人都是汉家装束。——此时他们都已经亡故，所以可着汉装。那些在世的阴家人，还都必须穿吐蕃装。与之异曲同工的是，第61窟的曹氏家族壁画上有着莫高窟最多的女供养人群像，东壁门南四个贵妇，原配夫人被排在最末，回鹘夫人最前，嫁给回鹘可汗为妻的女儿排在第二，嫁到于阗的另一个女儿满头翠玉，也排在母亲前头。服饰的意义不止于服饰本身，恰如排位的意义不止于排位本身。各种滋味，一言难尽。

负责接待我们的修复技师是杨韬老师。他穿着蓝色工装，小麦色皮肤，身材健壮，面目敦厚，一看就是典型的西北汉子，说话也是浓浓的西北口音。他腿脚不太好，似乎是受伤了。可他也不歇着，陪着我们，随时回答我们的提问。我们不提问的时候，他也不多话，就那么安静地等待着。讲到修复的细节，他的话才多了起来，说他在摸索尝试更好的方法。他把我们引到一面墙前，用手电照着一小块地方，那地方，也就是大拇指指甲盖大小。他说，他修复这么小的地方，也用了大半天。

看见有一位相貌娟秀的女技师，我便蹲到她身边，想和她聊几句，可她专注的样子却让我不大好意思打扰了。只是打了个招呼。她微微地笑了笑，那一瞬间，她的眼神，真是清澈。

文物修复种类很多：雕塑，书画，壁画，器具……对于文物修复，我仅有的知识都是从《我在故宫修文物》一书中读来，一读方知深似海。不不不，准确地说，像我这种水平的，连海也不知，大概也就是拿着望远镜望见了海的蓝吧。

后来我看茶哥发的"头条"，说："……虽然曾经来过十几次，看过许多窟，也在日常聊天中，眉飞色舞地为自己看过多少窟而骄傲自吹，但每一次，当脚踩入，依旧是那种难以言状的、不敢呼吸的震撼。我想，我所能想的，便是'一花一世界，一窟一宇宙'……脚下的雕花地砖，那是西夏的遗物。据说，美国专家曾给这些西夏方砖估价过，每块八万美元，现在为了谨防游客踩踏，已用木板覆盖上。"

地砖这么贵，我确实没有留意过。——是因为觉得贵才想留意的吧？是因为贵而觉得应该好，而不是因为好而觉得应该贵。这就是我的思维，也是如我这般俗人的思维吧。

上到二层，就看到了完整的窟顶，为覆斗形，专业称呼是"华盖式藻井"，周围布满千佛，飞天旋绕。看西壁，有三身塑像，中间造型奇特，资料中说这是双头佛像，"此像一身二头，高肉髻，身着袈裟，两手下垂，两手下各站一人，身穿长袍。据史料记载，这是源于古代犍陀罗国（今巴基斯坦一带）的双头瑞像。……西壁龛外两侧分别画《文殊变》和《普贤变》。南壁画《天请问经变》《法华经变》《观无量寿经变》；北壁画《弥勒经变》《华严经变》《东方药师经变》。东壁门南画《报恩经变》，门北画《维摩诘经变》"。——全都是经变题材。所谓经变，描绘的都是佛经内容或佛传故事。新的经变题材在吐蕃占领时期层出不穷，多姿多彩，多种多样，有效地拓展了莫高窟的艺术格局。"家国不幸诗家幸",对于壁画而言,似乎也是如此。

东壁门处,是阴伯伦和索氏的像。我站了一会儿,很想对他们说些什么,在心里默默的。可是,到底也没有想出什么话来,哪怕只是默默的。

出了洞窟,阳光灿烂。我不由得眯了眯眼睛。仿佛重新来到了这个世界。

窟门口的北墙上方有一串外文字母。不像是英文。

这是什么人留下的?会不会是当初那批盗宝人?我问杨韬老师。

有可能。

可以拍照吗?

可以。

等我拍完了,杨韬老师指着窟门口的南墙上方,说,这是张大千留下的编号,还有一点儿痕迹。

可以拍照吗?

可以。

于是也拍了照。

国内画家里,张大千是第二批去敦煌临摹的。第一个到敦煌的画家叫李丁陇,祖籍甘肃陇西,生于河南新蔡,是刘海粟的学生。1938年,他和另一位画家到达敦煌，在这里待了八个月，第二年在西安举办了"敦煌石窟艺术展"，1941年，他又到成都和重庆办展览，张大千看展后深受影响，也去了敦煌。两年多的时间里，他带领弟子们临摹了壁画两百多幅，大受滋养。他们所排的敦煌石窟编号被学术界采用了很长一段时间。

我们组出来不久就等到了旅游组，聚齐之后，去吃午饭。说是工作餐，果然就是最正常的工作餐。量很小，好在样数比较多：白米饭一小碗，青菜汤一小碗，一小片蛋糕，一小块紫薯。另有三小份菜：炒青菜，冬瓜炒火腿片，回锅肉。味道着实平凡，但是看着餐盘上"敦煌研究院"的logo，那感觉却是好的。暗自想，这logo大约是最有味道的佐餐佳品了吧。

饭后原地休息。想着茶哥盛哥他们都发了"头条"，我也得赶紧发一个。正发呢，就听有人号召去拜祭敦煌前辈学者们的公墓。问我去不去？当然去了。我不想错过任何一个行程。更何况这是属于规定动作外的自选动作，是额外之获。

匆忙发完"头条"，就跟着众人出了门。乍一回到烈日下，头微微有些晕眩。就把脚步放慢了一些，稳住了神。众人看着路边的花草和滋滋作响的喷灌机，感叹着说这成本太高了。

水这么珍贵，没必要一定用在这里。有人说。

就是。假花假草也可以的，反正来这里也不是为了看这些个。我同意。

那边的窟是假的，这边的花草是假的……有人犹疑。

游客是真的。有这一样真的就行了。有人接话。

哈哈哈。

说着笑着，就过了大桥。桥下有河，这河里……有水吗？几乎没有。查资料，这河，叫宕泉，也可以叫荡泉，还有一名为大泉，因其源头在莫高窟东南四十里鸣沙山东麓的大泉。

——源头居然在沙鸣山东麓。这是一条什么样的河啊。没有水也值得敬佩。不过，仔细看，阳光下碎钻一般闪亮的波流，还是有一些的。毗邻着浩浩荡荡的沙漠戈壁，这一脉细流貌似那么脆弱，可是居然也没有断掉，又可见柔韧至极。

先是看见了一些塔，也不知道塔下都是什么人。想来也许是大德高僧吧。

再往上走一走，就看见了那些墓碑。我知道，这就是他们了。

一块碑一块碑地走过去，在每一块碑前鞠躬，祭洒一些纯净水。无花无酒的我们，也只能用这种方式来表达敬意。这一刻，我也觉得，用纯净水向他们祭拜，也许是更适合的。

碑群的最高处，安息的是常书鸿和段文杰。

常书鸿，1927年公费留学法国，以油画系第一名的成绩毕业于里昂国立美术学校，之后通过了里昂赴巴黎的公费奖学金考试，进入巴黎高等美术学校深造，作品在法国国家沙龙展中多次获奖，后来在巴黎娶妻生子，日子过得富足安逸。直到他在巴黎街头看到了柏希和当年在敦煌拍摄的敦煌壁画图集，大为震惊。1936年，他毅然回国，时任国立艺专教授，不久就是卢沟桥事变爆发，战乱开始，七年的颠沛流离之后，1943年，他才来到魂牵梦绕的敦煌。1944年，敦煌艺术研究所正式成立，他成了首任院长。这位院长做的都是什么活儿呢？给石窟安门，在窟外修墙，临摹壁画，晚上还要拿着棍棒巡夜，以防盗贼……

盛哥在"头条"上写道："……常书鸿先生襁褓中的小女儿沙妮夭折了！先天不足源自母亲怀孕期间缺少

日照。长年累月地钻在石窟内工作,又哪里能够见到阳光?同仁们将这个可爱的孩子葬在了莫高窟的戈壁里,挽联上的落款是'孤独贫穷的人们敬赠'……"

沙妮,沙洲之妮——敦煌,又称沙洲。

盛哥还说,他们都是敦煌现当代的供养人。供养人,这个词用得真好。

告别的时候,在猎猎风中,我们又一起向他们的墓碑鞠躬。身后就是莫高窟,就是无数游人。我一厢情愿地想,我们是在替这些游人向他们致敬。

"请你们保佑莫高窟!保佑敦煌!"有人喊。应该是旅游组里的雷探长。

这一声呐喊,让我顿时血热,似乎比空气的温度还要热。

回程的时候,我特意往上走了走,直到把他们的墓碑纳入手机镜头。他们的墓碑正对着的,就是高高的九层楼。这一刻,我仿佛拥有了他们的眼睛,替他们在看着九层楼,看着莫高窟。

泪水潸然而落。

仍是一路闲话。他们三言两语地说到了樊锦诗。樊锦诗,这位老太太,被称为"敦煌的女儿",见过她的人都说，她"气势如虹"。书中有她的照片，很瘦，戴着眼镜，花白的头发很浓密，精神矍铄的样子。虽然笑容灿烂，可是依然有挡不住的强硬。是的，有些人就是如此，他们的笑容都是有骨头的。

1963年，她毕业于北京大学历史系考古专业。毕业前夕，她和同学到莫高窟实习，毕业之后，她义无反顾地重返这里，开始了自己的敦煌人生。"文革"时她也受到了冲击，被下放劳动，临产前三天还在地里……孩子没满月，她就上班了。她的丈夫是大学同学彭金章，在武汉大学当老师，后来她让丈夫把孩子带到了武汉，第二个孩子则让上海的姐姐抚养。无论多么艰难，她对敦煌，对莫高窟，都没有动摇。"文革"结束后，敦煌研究院重入正轨，她和马世长、关友惠等专家们的一批论文发表，改变了"敦煌在中国，敦煌学在国外"的局面。1987年，莫高窟成为中国首批世界文化遗产，某些地方领导片面强调要用文物来开发经济效益，她深感忧虑，多方奔走，使得《甘肃省敦煌莫高窟保护条例》出台，莫高窟终于有了护身法。此外，与国际科研机构合作，对壁画和彩塑的病害进行深入研究，对窟外的风沙进行预防性治理，运用先进科技记录和保护石窟的精美艺术……都是她孜孜以求所做的事。

1998年,段文杰卸任,樊锦诗成为第三任院长,此时的她,正好六十岁。如果是别的什么院长,六十岁肯定有些老了。但是这是敦煌研究院啊,我觉得六十岁特别合适,简直是再合适不过的年龄了。

下一个行程,是去了解莫高窟顶的治沙工程。之所以要治沙,是因为敦煌城西的沙漠以每年三四公里的速度在东移,如果不进行预防性治理,在不远的将来,莫高窟被流动的沙漠淹没,实在是很有可能。诸多历史资料里都记载,那个著名的王道士来到敦煌后,发愿要重修莫高窟,可他着手做的第一件事,就是清理窟中的流沙。张大千他们来到莫高窟初期,工作内容中的重要一项,也是清理窟内的流沙。

对于莫高窟而言,流沙是风景,也是灾难啊。

留守在九层楼前的一个"头条"女孩把她的黄纱巾给我戴上了,说戴上了更防晒。很快我就明白了她的用意:一开始拍摄,我打着的遮阳伞就被导演命令收了起来。没有帽子,也没有伞,再没有一条纱巾裹一下,我恐怕真的扛不住会中暑,晒黑不晒黑的倒是非常次要。

必须要爬到窟顶。听起来有些好玩,爬起来却不那么好玩。我们慢慢向上爬着一个弯道,边走边说,会不会让我们再走一遭啊?果然一语成谶,摄制组就让我们又走了一遭。理由么,因为只有这一个向上的弯道,再拍一条可以保证效果。

好吧,那就再来一条。我们没有埋怨。想想刚刚祭拜过的常书鸿和段文杰这些前辈们,有什么可埋怨的呢?再看看摄制组的小伙子们,也没有什么可埋怨的。他们拎着的那些沉甸甸的昂贵的机器跑来跑去,不知道比我们多走了多少路,头顶上还有无人机在拍。被上下左右三百六十度无死角地关注着,我们已经很舒服了。——在历史上,在爬这个弯道的所有人里,我们应该是比较舒服的。在眼下这个团队里,我们就是最舒服的。

终于上了窟顶。眼前就是平地,不,准确地说,是平平的戈壁。一条大路中分,我们走在大路上,前面望不到尽头。这路,真是让我有些绝望的。即使知道"今日头条"不会舍得让我们这些人吃苦,可还是让我有些绝望的。

道路右侧有一排栅栏似的网,据说,那边就是正儿八经的莫高窟窟顶。左边,是鸣沙山的沙山轮廓。道路两边的掺杂着石子儿的戈壁滩，是人造的，是用胶粘成的——较之于沙漠，戈壁滩还是更温情的存在。往正前方最远处看，天是润蓝的，然后，天地相接之处，渐渐白了起来，成了浅浅的蓝，如河，如湖，如海。总之，如最大片的水面。——像我曾经看到过的沙市蜃楼，没错，就是沙市蜃楼。在新疆，在甘肃，在广袤的戈壁滩的视野极限处，我都看到过沙市蜃楼。有一次，甚至看到了水草丰茂，有舟划行。只是等到接近之后，你就知道，什么都没有。除了戈壁，还是戈壁。除了沙漠，还是沙漠。

有很多蜥蜴在我们的视线里蹦蹦跳跳。我们瞄准了一只，围着它拍照，它居然就乖乖地定在那里，眼神颇有些吃惊地任我们拍照。

你是特意来为我们摆pose的吗？

你这么配合，想当网红吗？

大家你一言我一语地和这个小精灵对话。它只是呆萌地看着我们，一动不动。等我们拍完照，它就蹦蹦跳跳地走了。

再见啊小可爱！

去吧，去"今日头条"找你的照片去吧。

……

这么漫长的道路，却只有一公里。难以置信。我觉得有十公里那么长。太直太长的路，是会有无限遥远的幻觉的。

终于到了一所小房子前，短暂休息。工作人员特别不放心地劝我说，乔老师你要是觉得扛不住，就在这里吧。我说还扛得住。于是跟着队伍左转，继续向沙漠前行。后来知道柳下挥没跟上，他脚上磨了个大泡，实在顶不住了。

应该是治理有效的缘故，这片沙漠不全是沙，还有一些植物。是高高低低的草，有的尚存绿意，有的枯死了。可即使是枯死的草也让我感觉亲切，至少比纯沙漠要强一些。

走了好大一会儿，有值守的项目负责人从一丛丛枯死的蒿草中走出来，接应住了我们，带我们去看治沙的麦草网格。他边走边介绍说，麦草网格固沙这种办法是纯国产，是敦煌人经历了多年研究和实践总结出来的，应该是目前效果最好的最先进的，可进度却不可能很快。他说，我们看到的这片不到两平方公里的网格是六十人天天作业，坚持三年完成的成果，每个网格的寿命却只有七到十年。

男士们一个个都上手去做了一个网格,我看着就怯,可作为唯一的女士,此时也得有些男女平等的意识,便也上手,去干了一会儿。铁锹是特制的,很沉。下端并不是圆弧形的锋刃,而是棱角方正的铁板,钝钝的。动作要领是:双手握着铁锹,直直地往下砸,把麦草砸进沙里。一米见方的沙网格,就是这么一点点砸出来的。砸好之后,从格子中心深挖出了一个坑,把挖出来的沙子堆在四边上,让麦草城墙更牢固一些。

一个网格还没有完成,我似乎就要虚脱了。烈日下,我喘息着。环顾周围,他们,穿着深蓝色工装的他们,又开始了默默的工作。

游客们在下面看窟,他们在窟顶治沙。就是这样。

我想问问他们的工资。到底没敢开口。我怕太少了对不起他们。尽管不是我给他们发工资,我也会觉得对不起他们。而且,我也清楚地知道,即使觉得对不起他们,也改变不了什么。

终于回去。众人一路走着,无话。

回到了九层楼前,仿佛又是一个新世界。休息,喝水,逛商店。文创产品不是很多,无非是明信片,冰箱贴，挂盘，包包之类。主要的图案都是飞天，各种各样的飞天。飞天真好看，真让人爱！

一个冰箱贴要四十元，太贵了。在沙洲夜市，才五块。"今日头条"的小梦说。

行程结束了，再去夜市！我说。

好啊好啊，去夜市！

昨晚就是和小梦去的沙洲夜市。沙洲夜市着实有趣，去了实在也还是想去。

上车就睡着了。脑子并不怎么想睡，但是身体不依，它累了。

似乎只是打了个盹，一睁眼就到了莫高学堂，在这里要进行今天最后一个规定行程：画壁画。进到学堂里，在蒲团上坐下，蓦然看到面前摆着的小壁画正是第112窟的《观无量寿经变》中的那个反弹琵琶图。对面坐着的是雷探长，他的也是这幅。好吧，对坐，对画。——准确地说，是对涂。线条明明已经画好了，我们要做的，只是涂色。这画不是在一般的纸上，而是在一小块模拟的墙坯子上，厚度约有一寸。壁画壁画，这就是壁了。

泡开了小毛笔，打开了国画颜料，开始下手涂。相比于画线条，涂色似乎容易一些，但一下手就知道不容易。想要翻看原图，老师不允许，说会限制想象力。

"孩子们来这里，我们都是这么要求的。你们也一样。"

这是把我们当孩子们了？也好。尽管我们肯定不如孩子们，但能够享受这份待遇也不错。可是，想象力啊，你在哪里呢？早就被紫陌红尘消磨殆尽了吧。脑子里能回忆的，只有看了无数遍的原图。恍惚记得有青、黄、绿……管他呢，凭着感觉走吧。再看对面的雷探长，三下五除二，雷厉风行，刷刷刷地，把原来的线条都大改了。他说他要的是北魏风格。那我还磨叽什么呢？大胆进行吧。

真正开始之后，就不再犹疑和焦虑。心也越发静了下来。一笔，一笔，着了魔似的，不再想其他。这是一种奇妙的感觉。画似乎是静的，人似乎也是静的，但是人去画的时候，哪怕只是涂色，静就变成了动。而这动，又是静静的动。

老师巡视过来，表扬说我还是体现出了唐代壁画的风格。我心更定。是啊，我爱唐代。不仅仅因为我是个胖子。每个朝代都有每个朝代的气质，唐代的气质，雄浑、艳丽、阔大、强悍……太迷人了。

沉浸在其中，不知不觉，就进入了这个小小的世界。听不见别人的说话，也忘了关注摄像机在拍谁，之前我总怕镜头对准我，一对准我，我就不由自主地紧张起来，哪怕貌似再自然，也是紧张的。自己的紧张自己知道。

也感觉到了寂寞和孤独。不由得想起了千年前的那些画师，千年之前的他们，又承受了多少艰苦？——又忽然，觉出自己的这种揣测，有一种难以描述的无知或者轻浮。不是么？难道他们只有艰苦么？肯定也有什么更宝贵的获得来回报这种劳作吧，否则长年累月地在这里，岂不是自虐？只是他们获得了什么，我们无从知道而已。也因此，我们认为的苦，只是我们的，不是他们的。是的，不是这些当事人的。正如我写作，偶尔会碰到有人对我表示敬佩——其实更像是同情地说，写作那么苦，又不挣钱，你居然坚持这么多年，了不起。我常常无言可答。说什么好呢？完全不在一个频道。如果要答，我也只能不客气地告诉他们，对我来说，写作不怎么苦。即使有苦，这个世界，人活着，万事皆苦，当皇帝也是苦的。关键是，苦的后面有什么。我的苦背后有很深的甜。让我的苦，很值。

都画完了,老师让大家讲讲心得体会,每个人都乖乖奉命讲了一段,都讲得很认真。这情形,真像小学生在开班会。每个人看起来都有点儿被清洗的感觉,被这茫茫戈壁和沙漠清洗,被这沉默的壁画清洗,被常书鸿段文杰他们清洗。

八点半,导演恩准我们可以吃晚饭了。这里上菜的规矩是先上荤的,荤的上够才上素的,也是有趣。有一些特色菜:手抓羊肉、酱牛肉、土豆泥、凉拌茄子……大漠风沙鸡尤其好吃——反正比昨晚夜市上的好吃。最后上的主食,居然还有面。面被大家一分而光,我没怎么吃。只尝了一口,觉得不好吃。没有我常吃的河南烩面好吃。——人们总是容易有误区的,比如到外地,朋友招待,会想,河南人都爱吃面,你也爱吃面吧?那咱们去吃面。不不不,我并不想去吃面。我在河南爱吃面,是因为河南的面好吃。经常吃好吃的面,所以对面更挑剔。你们这里的面有河南的面好吃吗?没有的话,我就不委屈自己了。我吃面的省份,是陕西和山西,对了,还有兰州,兰州的拉面,真是好吃呢。

小柳吃了一碗面。看着空空的面盆,又要了一份。约我一起吃,我拒绝了,倒是吃了好些个蔬菜。吃够了菜，我就算饱了这一顿。男人们吃肉喝啤酒，有些慢。我便刷手机，躲不开的新闻是两位艺人的离婚，那就看吧。

消息是下午宣布的，两人的文案看起来还是一脸——或者该叫两脸——夫妻相。男方的是："吾爱××，同行半路，一别两宽，余生漫漫，依然亲情守候。"女方的是："你我深爱过，努力过，彼此成就过。此情有憾，然无对错。往后，各生欢喜。"其中的"一别两宽，各生欢喜"很面熟，很快就有人扒了出来，说是源自唐代的一份"离婚协议"。这份文书叫作《放妻书》，原存于莫高窟中。原文更为有趣："愿妻娘子相离之后，重梳蝉鬓，美扫娥眉，巧逞窈窕之姿，选聘高官之主，弄影庭前，美效琴瑟合韵之态。解怨释结，更莫相憎；一别两宽，各生欢喜。三年衣粮，便献柔仪。伏愿娘子千秋万岁。"

读着这则文字，感觉有些恍惚。常常的，你以为遥远的东西，其实并不见得那么遥远。比如敦煌，总感觉是在这大西北，但其实，不经意间，它的某个碎片就镶嵌在了我们的生活中。什么是文化？这就是了吧。文化就是常常看不见，却能摸得着的，那种东西。不是用手摸，而是用语言，用文字，用最虚的却也是最实的那种形式。

晚饭结束，我和小梦说不跟大车回酒店，要打车去逛夜市，有三个人闻声也要和我们同行，其中有茶哥。五个人，打两个车有点儿宽松，打一个车有点儿凑合，当然，最重要的是也不符合规定。不过我们还是决定试试，于是就问司机，司机不以为意地慷慨答应，于是让一个最胖的人——不是我——坐在副驾驶上，其他四个人坐在后面。走着走着，司机突然在一个地方停下，说要拿点儿东西，于是不由分说地就下去了。我们几个在车里议论，说这也太随意了吧。可是，转念一想，如果太守规矩的话，我们怎么能五个人打一个车呢？换句话说，互相违规，这就是一种相对平衡。你别说我，我也不说你。都是一身白毛毛，谁也别嫌谁是妖怪。这就是中国式的道理啊。

夜市到了，为了便于行动，我们五个人又分成两个小分队，我和茶哥，还有小梦一组。最热闹的是美食叫卖：烤驴肉、烤羊排、炕锅、酿皮……昨晚我和小梦在这个夜市上就吃了炒榆钱，还点了啤酒和烤串，哪一样都没吃完。吃固然是重要的，但吃的不是味道，而是气氛。这气氛真是满盈盈的啊,满得要流溢了。

到了纪念品摊位,啊,我的自控力又远遁了:冰箱贴、木刻画、杏皮水、围巾……我和小梦在乱买东西上真是对脾气,看见什么都想买,昨晚我和她就硕果累累。我买了十几个冰箱贴,她买了几十个。我买了三个包,她买了六个。话说夜市上的摊主也好有文化,会指着冰箱贴上的图案告诉你,这是第几号窟的藻井,这是第几号窟的飞天,这是第几号窟的菩萨,这是第几号窟的经变图……一听他们讲,我就想买。

买吧,买吧。小梦撺掇我。

好吧,买。反正又不贵,反正这么好玩,买吧,买买买……

女人啊。你们买这么多东西,拿回家也是放着,何必呢。茶哥感叹。

女人买这些东西,就像你们男人抽烟。一样是花钱,我们买东西又不伤身体,比你们抽烟还强呢。

那不一样。

有什么不一样!

茶哥宽厚一笑,不再和小女子们理论。他默默地走着,看着,拍着照。常常地,他仿佛隐身了。仔细一找,又总能看见他。不远不近的，就跟在我们的身边。

后来看他发到群里的照片，拍得真好。

对了，昨晚在夜市的牌坊底下我们还看到了"丝路花雨"的路演。久违了啊，丝路花雨！很小的时候，我就牢牢地记住了这四个字，因为觉得这四个字组成一个词太好听了，太悦耳了。还记得电视屏幕上，那些娇艳妩媚的女子恍若仙子舞动的样子，对了，还有她们的宽腿裤——我一直认为喇叭裤的发明应该能从她们这里找到源头。

这么近距离地看着她们，几乎能听到她们的喘息声。她们的妆真浓啊，粉涂得真厚啊，假睫毛贴得真长啊，假髻堆得真高啊，假珠宝真闪亮啊……周边一圈圈一层层的人，要么拿着手机不停地拍着她们，要么就只是呆呆地看着她们，仿佛她们是人间幻景。

这情形，不知怎的，让我也想落泪了。

想起了李白的词《清平乐·禁庭春昼》："禁庭春昼，莺羽披新绣。百草巧求花下斗，只赌珠玑满斗。日晚却理残妆，御前闲舞霓裳。谁道腰肢窈窕，折旋笑得君王。"

……

是为君王吗？是吧。但也是为自己。自己也是君王。更是为每一个能把她们的美放到心里去的人。这样的人，哪怕是渔民、农人和樵夫，在欣赏和享用到这种美时，毋庸置疑，就是君王。

回到"敦煌画院"，已经十一点了，该睡了。看一眼深蓝的夜空上的星斗，真是该睡了啊。

我和小梦快走到房间的时候，碰上了"头条"的另一个姑娘，说去给柳下挥送药，还拿着一根针，说他脚上的泡还没挑破呢。我便跟了去，告诉他们用打火机把针头烧一下，权当消毒，然后再挑破。进了屋，被几个女人围着，柳下挥很羞涩，我想给他挑，他更羞涩，死活不肯。其实他比我小那么多，这有什么呢。我说我是以看儿子的心情看他的，他越发不好意思了，还有些不服气。可是，我这中年妇女的心态啊，看他，看小梦她们，确实已经是很慈祥了。

从柳下挥的房间里出来，回到我自己的房间，洗漱完毕，躺下。躺下又觉得不太舍得睡，就披着外衣站到院子里，看了一会儿星星。一边看一边留心别的房间有没有人出来，如果此时遇人，扫兴是自然的，也会莫名地觉得尴尬甚至难堪。

幸好没有。

夜的气息起初只是舒适的清凉,渐渐有了刺肤的寒意。明天一早就要去机场,不能再延宕了。于是就回到房间,心满意足地躺下。然后,就睡着了。

(这日记,这么长的日记,当然不可能是当天记下来的。但是确实是我一点点回忆出来,如实记下的。这样的日记,也能称之为日记吧。最起码也是仿真日记——但不能说是假日记。但愿没有人和我杠。当然,即使有人杠,于我也无所谓。在这个问题上,我心安宁。

文中涉及莫高窟的诸多史料均取自《莫高窟史话》,敦煌研究院编著,樊锦诗主编,江苏凤凰美术出版社2009年出版。除了致谢并致敬,无以言表。)

南宗孔府记

1

这次随着《江南》杂志到浙江衢州,知道了两个词:泗浙同源,南北一脉。

——孔子的两个脉流。

很惭愧,在此之前,我只知道北孔曲阜。

9月28日就是公祭大典之日,距现在还有六天时间,孔祥楷先生事务繁多,日程很满。原定下午三点的采访,被提到了下午两点。据说因为某市长要来。客随主便,我们只有依从。到达衢州,匆匆午饭之后,把行李放到酒店里,我们就直奔孔府。一点五十分,我们到达。朱门灰瓦,门庭静谧。正门上面的匾额是"孔氏南宗家庙",金色的边框金色的字,靛蓝的底色,看着就是一种说不出的沉静舒服。

我们进的是左边偏门,上书"孔府"二字,有人介绍说是孔祥楷先生的墨宝。两侧楹联是"与国咸休安富尊荣公府第""同天并老文章道德圣人家",和曲阜孔府的一样,"富"字没有头,是为"富贵无头","章"字的竖长过了"早",是为"文章通天"。进得门来,看到门内左侧有验票的人——孔府俨然是收门票的。乍然有些不适应,觉得似乎哪里不妥当。后来得知早在1996年孔氏南宗家庙就已成为国家级重点文物保护单位,顿时释然。

作为客人,我们得到了免票许可,一路穿堂过院,辗转迤逦,走回廊,渡池塘,来到了会客厅"大中堂"。果然很大。一溜儿大红实木软垫太师椅两两对放,温馨拂面。一排排亮闪闪的红灯笼在头顶高高挂起,喜气盈盈。简洁典雅的仿古木窗上,嵌贴着十二生肖的大红剪纸,稚拙可爱。

主人未至,我们站定,四处观瞧。不知道什么时候,一位老人走了进来,个子不高,器宇轩昂,米色西装,粉青色的正装衬衣,满头华发,丰采怡人。工作人员正忙着，没来得及介绍，他就自己介绍自己："我就是你们要见的人，孔祥楷，坐吧。"

他浏览着我们的名单，打断了当地文联领导想把我们一一介绍给他的企图："不用介绍了，每天见的人太多，介绍了也记不住。"

他开始例行公事地给我们讲南孔的渊源，和《衢州孔氏南宗家庙志》所叙一致：建炎二年，宋高宗赵构在扬州祭天，孔子第四十八代嫡长孙、衍圣公孔端友奉诏陪祭。此后，金兵大举南侵，君臣仓皇南渡。建炎三年正月，高宗驻跸临安，因孔端友率近支族人扈跸南渡有功，赐家衢州建家庙……

我抓紧时间在手机上搜他的简历："孔祥楷，生于1938年，孔子第七十五代嫡长孙。1944年，年仅六周岁的孔祥楷，被当时的国民政府册封为孔子南宗七十五代奉祀官，这也是中国历史上最后一位孔家奉祀官。"

"南宋时候杭州又叫临安府，你们知道的吧？临安的意思么，临时偏安。"他像面对小学生似的不时要停下来注释一番，然后继续讲：元世祖忽必烈统一中国后，令南宗孔子第五十三代嫡长孙孔洙从衢州北迁，载爵去曲阜奉祀。接诏后，孔洙即进京见驾，向元世祖面陈两难心境。他说，衢州已有五代坟墓，若遵皇上诏令北迁，自己实不忍离弃先祖坟墓，若不离弃先祖坟墓，又将有违圣意。孔洙表示，愿将自己的衍圣公爵位让给他在曲阜的族弟世袭。元世祖不禁称赞孔洙"宁违荣而不违道，真圣人之后也"。这样，因衢州孔氏南宗的礼让，曲阜孔治获得"衍圣公"世袭爵位。

"爵位是让出去的？"

"那当然。难不成还能抢了去？"他说话真不客气。

我们都笑。是啊，像孔府这样的人家，让，应该是最自然的选择吧。

让出去之后呢？为免日后南宗子孙与北宗夺嫡，当时朝廷专门制订了衢州孔氏家规，言明曲阜北宗袭封千年不易，如南宗妄起争端，将被"置之重典，永不叙录"。从此，北宗那边，元明清三朝皇帝，每朝都有封授，政治待遇极为隆厚，而在衢州的孔子嫡长系子孙——也就是南宗，正宗地位被日益淡化，声势日衰，渐渐碎如微末烟尘，以至为平民布衣。明朝时衢州知府曾上奏："衢州圣裔自孔洙让爵后，衣冠礼仪同氓庶。"

也因此，之后的命运也就成了如常之事：世人几乎只知北宗曲阜孔庙，曲阜的孔庙、孔林也多次被精心修葺，誉为圣地。南宗孔庙却枯萎颓败，花草荒凉。即使热闹起来也是因为成了百家混聚的大杂院……再然后，岁月之手翻云覆雨，孔家的命运在国家和历史的动荡中或被弃之如履，或又如临深渊，直至近年来国学回温，渐至大热。当真是"与国咸休"。于是，1991年夏天，时任沈阳黄金学院副院长的孔祥楷回衢州的时候，就被衢州的领导一把抓住。他们知道自己抓住的近乎一个奇迹：这个民国期间最后一任孔家奉祀官居然还健在。而此时的孔祥楷，世俗意义上已经是个在沈阳安居乐业的副厅级干部，生活习惯也已经深切地融入了北方元素。一动不如一静。如果此时回去，动荡和辛苦都在意料之中。

但他还是决定回去。因为他的血管里，流淌着孔家的血。

"于私是向列祖列宗尽孝，于公是为儒家圣学尽忠。当然要回去。"

——我一直觉得，基因的遗传有两种。一种是生物的，一种是精神的。而往往生物基因被遗传的同时，也携带着强烈的精神基因。

1993年春，"南宗末代奉祀官"孔祥楷回到了衢州，至今已经二十一年。

2

他似乎还不讨厌和我们聊天。

"你们和那些个记者,不太一样。"他摇头,"哎呀,那些个记者,和他们说话太要命了。"

"孔老师,像你们这么大一个宅子……"

"什么宅子,是府上!"

——好吧,是府上。孔府可不是最经典的府上么?

"问吧,想问什么?"

让他一训斥,就给忘了。

他不时地要接一下电话,手机是最便宜也最泼皮的直板诺基亚:"怕他们不再生产,我买了三个备用。这种诺基亚真好啊,所有的功能就是接打电话,收发短信。多余的一点儿都没有。"

问题忽然想起来了:"孔老师,南宗这边的祭孔大典和北宗那边的有什么不同呢?"

他盯着我看了五秒钟:"你怎么一下子就问到点儿

上了？"

他说现在各地的祭孔活动，人们都喜欢穿上古装行祭，这让他非常想不通："难道清朝人祭孔时也要穿上前朝的衣服？我觉得祭孔到现在，应该带有鲜明的时代特色和特定的时代内容。传承弘扬当然很重要，但与时代背景下的当下生活有呼应，这才能让祭孔不仅限于祭孔，从而具有了与时俱进地推广传统文化的价值。也因此衢州祭孔大典自恢复以来，我就一直力主不沿袭仿古的祭祀形式，我强调说，我们是'活人祭孔'。"他笑："要是还穿着唐宋元明清的衣裳，到了祭祀那天，孔夫子魂兮归来，肯定会哂笑：这些孩子，怎么一点儿都不时尚？"

祭祀的基本仪式有四项：一、礼启。二、祭礼，包括进香、献五谷、读祭文等。三、颂礼。四、礼成。

"礼成也就是散了。最开始就是大家一哄而散，后来觉得不成体统，就改成了合唱《大同颂》。"

从2004年首届祭孔大典到现在，已经十年了。十年来，祭祀内容每年都有侧重，或公祭，或学祭，或文化大典。参祭人员的组成也越来越丰富：工商企业家、个体工商户、解放军、武警、消防、公安，韩国和美国友好城市代表以及浙师大的外国留学生，甚至包括正在洽谈中的招商引资项目对方负责人代表——不管生意最后成不成，请他们来参加祭孔，总归是让他们深入感受中国传统精神和经典文化的一个重要契机。

"孔子留下的财产就是精神财产，就是典型的非物质文化遗产，是我们民族文化的瑰宝。这种财产最有价值的使用方式就是要用起来，要动起来，要活起来。所以我最上心的地方就是在青少年。比如倡导校园文化：《论语》辩论赛，两年一届；《论语》校园剧，两年一届。学子开蒙仪式，我把两万八千支铅笔送给孩子们，铅笔都是特制的，有孔庙的 logo……我喜欢看孩子们背《论语》，看谁背得溜。那些孩子厉害啊，有的真能一口气背下来，不打一个磕绊儿。不懂？我知道，我知道他们很可能不懂。那么小的孩子，懂了倒是稀奇。不懂不要紧，不懂没事儿，只要会背，只要能记住，总有一天他们会懂的。就像一大笔钱存在银行里，不花不要紧，它总还在那里的。"

"这种活动对老师也好。孩子们背着背着，就会问老师：这句是什么意思？老师呢可能也不懂。不懂没关系，老师总怕丢脸吧，总会去问，问来问去，就懂了。

这就是一种传播。"

很快,三点钟到了,他的手机频频响起,市长来了。他谈兴甚浓,一次次地对着手机推迟着:

"告诉市长,我有重要的客人。"

"你们先领着市长转转园子,看看雕塑什么的。"

"再等一会儿。"

——我们似乎比市长重要呢。

市长已经到了门口,我们才意犹未尽地站起来。

"对了,世界各地的孔子学院有没有代表来参祭?"

"有的,"他指着茶几上的徽子,"快吃,二十万一斤呢。这徽子来头大。看情况,一会儿有时间再聊。"

3

托市长的福,我们正好可以在宅子里——不,是府里——好好转转。占地面积一万四千九百平方米的地界,建筑面积就有三千二百九十平方米,可转的地方自然很多。相比于那些大殿大祠的庄重,我却更属意一些散淡随意的小景:天井里多放有或大或小的太平缸,缸里储水种荷，荷花初绽，荷叶田田，微雨在小小的水面绣出精致的涟漪。而另一片阔大的水面恰似小湖一般，亭台楼阁皆有，树木花草葱郁，蛙鸣欢悦，水鸭嬉戏。烟雨蒙蒙中，我恍惚还看见了孔雀的影子。

"是孔雀！"有眼神好的确定。

"这里为什么要养孔雀呢？"有人嘀咕。

我暗暗想，孔雀养在这里其实挺合适——它也姓孔不是？

思鲁阁——是南宗对北宗的怀念。我们没有上去。据说里面奉有孔子及亓官夫人楷木像，像高不足两尺。孔子长袍大袖，亓官夫人长裙垂地，形象生动。阁下立有"先圣遗像"碑，相传为孔端友根据唐代画家吴道子稿本摹刻。我们驻足端详了一会儿。

在一个穿廊的静处，看到一个硕大的章，是南宗孔府家庙的章。我们拿着孔祥楷先生赠送的《论语》，一个个都盖上了这个章。

不知不觉间，就转到了大成门。大成门在中轴线上，正对着正大门。大成，出自《孟子·万章下》："孔子之谓集大成，集大成也者，金声而玉振也。"大成门，金声门，玉振门，由此而得名。过了大成门即是大成殿。

殿前面是祭祀孔子时歌舞的地方——佾台。有一些学生在佾台那里排演。女孩子们穿着海蓝色的偏襟中式绸衫，下身是黑色绸裙；男孩子们则是一身雪白的中山装。我们到跟前的时候，他们已经停止了排演，只是交头接耳地低声说笑，青春如玉的脸，衬着大成殿的沉静和庄严，别有一番好看。

大成殿重檐歇山，两块横匾。上檐匾书"大成殿"，下檐匾书"生民未有"。——还是出自孟子。《孟子·公孙卫》有言："出乎其类，拔乎其萃，自生民以来，未有盛于孔子也。"意思是说：大家虽然同生为人，可谁能像孔子老师一样优秀呢？自有生民以来，从来没有出现过像孔子老师这样杰出的圣贤人物啊。

而对孔子的所有赞颂里，我最喜欢的是那一句："天不生仲尼，万古如长夜。"

此句史载朱熹，朱熹又说自己取自唐子西。而唐子西则在自己的文字中很严谨地注明："蜀道馆舍壁间题一联云：'天不生仲尼，万古如长夜'，不知何人诗也。"于我而言，著作权是谁都不重要，重要的是这句话说得好。遥想孔子所在的那个时代，混乱，蒙昧，厚颜，粗粝……仲尼如灯，一个民族最原初的精神黑暗，就是由这盏灯开始照亮的吧？

在大成殿里，我默默地看着孔子的塑像。

工作人员给我们讲着孔祥楷的花絮。缮后的家庙大成殿，孔夫子像塑成后，牌位如何题写便成为焦点，绝大多数人的建议都很安全保险因循守旧，即"大成至圣先师之神位"。但孔祥楷不答应。他说："夫子说'祭神如神在'，可见孔夫子并不认为有神，连孔夫子都不认为有神，那他自己会是神么？孔子是人，不是神，孔子的思想是做人的准绳，不是做神的准绳。所以，此处牌位不应写'神'字。"

于是牌位上写的就是：大成至圣先师。

我曾在许多地方都拜过孔子。孔庙，很多地方都称文庙。在郑州的文庙，我还在某个新年来临的时候，应约去撞过一次大钟。那天晚上，撞钟之前，我也去拜了孔子。在大成殿里，只有我一个在拜。外面是喧喧嚷嚷的撞钟仪式：轻歌，曼舞，太极剑……大成殿里，寂寞的是孔子。当时我跪在地上，仰望着孔子。文庙，供奉的就是孔子。孔子，就是这里的神仙——不，是家长。我在黑漆漆的主殿里站了一会儿，看着孔子。这静静的大殿里，孔子默默地站在那里，仿佛在等着我。

我掸了掸衣袖，恭恭敬敬地跪下去，给孔子磕了三个头。——我知道，对我来说，最重要的仪式已经完成了。

那个晚上，众目睽睽之下，我来到大成钟前，握紧那个粗壮的撞钟铜杠，想要把全身的力气集中到手上——我想要撞得响亮！我知道想要撞得响亮姿势会很难看，但我不在乎。我就是要努力地撞！撞！撞！把它撞响亮！

我使出全身的力气，握着铜杠，撞向大成钟。

第一声，第二声，第三声……

我知道我撞得很响亮。

4

半个小时后，工作人员来电，说市长已经被孔爷打发走了，我们可以接着采访。于是我们再次回到了"大中堂"。回去就接上了话茬，说那二十万一斤的橄子。孔爷说：某年某月某日，省长来访，相谈甚欢。省长说可以请世界各地孔子学院的人来这里看看，他诉苦没钱。省长说每年特批专项经费一百万。他说无以为报，看省长喜欢吃这馓子,就每年给省长寄五斤。

正话说完,我们就开始八卦,打听老爷子的个人史。

"您什么时候开始读《论语》?"

"在调任沈阳黄金学院当副院长的时候。"

我们咂舌。这,像话么?

"不觉得晚么?"

"朝闻道,夕死可矣。"

"您还记得小时候的家规有什么特别的么?"

"吃饭的时候最讲究。筷子要放齐,不能打嗝。"

我问他电影《孔子》看了吗?他说没看,也不想看。微微笑着:"周润发演《上海滩》还是可以的。"问他看什么电影,他说看戛纳获奖的电影。我们笑他势利眼,他很无辜的样子:"不获奖的,咱们看不着啊。"

他谈婚姻包办:"是有道理的。省事啊。父母操心比我们自己操心大。"

他热爱音乐,还作曲。2004年衢州首届祭孔大典上,他既是话剧《大宗南渡》的编剧兼导演,又是大合唱《东南阙里》的作曲兼指挥。

"您怎么学的?"

"没学。有音乐学院的院长问过我,在哪里学的,我说,反正不能进音乐学院。要是进音乐学院,就写不出来了。"他狡黠地笑。

他还写过小说:"长篇没时间写,短篇太难写,只有中篇我凑凑合合。"他写过四个中篇。一个是写他小时候在尼姑庵的事。家里人都忙,没人看管他,就经常把他寄放在尼姑庵,那个尼姑庵现在早就没有了,叫"白衣庵"。小说名字叫《云雪庵》。其他三个:一个写碓坊的事,叫《碓房》;一个叫《东方理发店》;一个叫《嚏庄》。

得知我在《散文选刊》工作,他还讲起了散文:"散文,就是伞文。一篇好散文,就像一把好伞,要有伞骨,有伞面,打得开,收得回。"

——君子不器。诚然。

"孔是个有趣的'子'——热爱生活,讲吃讲穿,时常发点儿牢骚包括背后讲人小话儿,他还是个狂热的音乐爱好者,喜欢高雅音乐,也喜欢流行音乐,听得兴起摇头晃脑,三月不知肉味……孔子是个不肯待在屋里的人。他要奔走,要实践,总想干点儿什么……是做好事中的行动派。"这是李敬泽先生《小春秋》里对孔子的妙论，我觉得这些话对于孔祥楷先生也完全适用。

他执拗地要请我们吃饭，打乱了衢州当地宣传部和文联原定的晚餐。工作人员很为难，他就直接给领导通了电话。宣传部部长见到我们，笑说："孔爷很少请人吃饭的，还是和你们投缘。"

人们对他的称呼很乱。有的叫"孔部长"——他当过统战部长。有的叫"孔主任"——孔管会主任。"孔主席"又是什么来头？不得而知。"老爷子""孔大人""孔爷""孔兄""老孔"，甚至"孔哥"，这些倒都好解释。

我们从后门出来吃饭，后门庭内的情形宛然如画：粉墙下安放着一对对原木太师椅，绿蔓从廊檐上方垂下，清新娟秀。暮色正缓缓降临，我仰望青灰色的天空，呼吸着鲜润的空气，恍惚觉得这是黎明。

他亲自驾车，载我们几个去饭店，车上的音响放着他自己作曲的碟片：《兵车行》《蜀道难》《静夜思》，还有他自己作词的《将军白发》《下雨了》……问他将来孔管会主任的职务谁会接班？他面无表情："我的原则只一条：谁适合谁就做，姓不姓孔不重要。"

那顿晚饭吃了很久。我记得最清楚的情形是孔祥楷先生端坐如钟，时不时地就举起酒杯，目光灼灼地看着我们："谁和我喝？"我们推推搡搡，不敢应战，他宽容道："喝酒自由。"

于是成一联："婚姻包办，喝酒自由。"横批："孔家宴。"

全州散记

美食们

去全州之前,在网上查了当地美食,网友们重点推荐的有三样:红油米粉,醋血鸭,还有禾花鱼。

晚上到的全州,在酒店吃的晚餐,没有米粉。第二天早上就想出门去吃红油米粉。其实我吃辣很弱,可到底抵不过馋。还是决定去吃。

听说酒店的早餐里就有,不过根据经验,酒店里的基本都不如外面的店里好吃。

和朋友出得门来四处看,到处都是米粉店,酒店旁边就有好几家,看得眼花缭乱。她决定说去吃那家叫"神卤米粉"的。为什么?因为是连锁店。连锁店有个好处，不会太好吃，也不会太难吃，能取个中间值。

有道理。那就去。

这家是大红门头，招牌上四个大字：神卤米粉。旁边是小字：桂林米粉，浏阳蒸菜。

浏阳岂不是湖南？再一想也很自然，这里和湖南挨着，在历史上属于长沙郡，离永州不远。

店的布置是个大通间，一眼能望到底。门口点单，最里面做粉，自助。粉有两类，一类是桂林米粉，一类是原味汤粉。原味汤粉不也是桂林米粉么？我自困惑。我们二人点了原味汤粉——原来这里没有红油米粉。也好，反正我吃辣也不行，反正也是桂林米粉。等粉的时候，我研究了墙上的价目表，发现了有趣之处。就桂林米粉来说，清晨六点到十八点这期间，一两四元，二两五元，三两六元。而从十八点到第二天清晨六点这期间，各涨了五毛钱。原味汤粉的价格却不变：二两六元，三两七元。

也不知道是为了什么。

粉是一份份准备好的，烫一下即可。都是阿姨级别的中老年妇女，手脚麻利。烫粉旁边还有一个案，一个女人在当当当地切肉。朋友说，这是脆皮。这脆皮其实就是把猪的肥肉炸了一下，表皮脆脆的。我直觉吃不下，朋友坚持要，说应该尝一下。我们俩要了五块钱的。然后去加配菜。配菜我喜欢，有海带丝、香葱、香菜，还有我特别爱的酸豆角和酸笋。再然后去加汤。坐定，开吃。我把脆皮全夹给了她。真的，我一片都吃不下，尤其是早上。

味道没有想象中的好，不过也还可以。

店里挂着米粉歌谣，读起来很像老板自己写的：

年年开心吃米粉
代代风光写功名
天下游人倾桂林
神卤欲倾天下人
桂林米粉走天下
天下美食汇桂林

这里的招牌都挺有意思的，和这里的人一样，有一种天真自然之气。如在房间里看到提示牌，不让抽烟，如此说："房间是温馨的，是需要爱护的……"街道十字口宣传牌则是"卫生是城市的脸面"，都有家常之气，娓娓道来。

第二天早上，朋友特意叫了红油米粉送到了房间，打开来，肉汤白粉，红油绿葱，香气扑鼻。谨遵朋友告知的红油米粉的享用诀窍：要先吹一口气，把上面满满的一层红油吹出一个小口，吹出红色下面的白汤和白米粉来，然后呢，要以"迅雷不及掩耳盗铃之势"赶快吃一口。我就这么吃了第一口，感觉还真是——辣啊。也可能是从店里送过来的路程有些长，影响了口感，没有预想中的好吃。只吃了半碗，想了想，还是决定去酒店餐厅再吃点儿。

餐厅里的米粉也是自助的，自己取，自己烫。看到我笨手笨脚的，有很善良的朋友帮我烫了一碗。我自己加好了配菜，竟然是出乎意料的好吃。比之前吃的两种都好吃。

不禁疑虑，莫非我这口味是只适合酒店的了？

在酒店里还吃到了不错的禾花鱼。禾花鱼，这名字听着就美味。是稻田里养的鱼，食的是水稻的落花，年产两次。这里的水稻一年两季，这食花的鱼也就跟随着庄稼收获。这是一条有历史的鱼，唐昭宗乾宁年间就有了详细的文字记载，清朝乾隆时还曾升级为贡品。在锅里，小小巧巧的，也是好吃的，虽然是中规中矩的好吃。太有名气的物产，因期许也会格外高，所以落在实处时多多少少会觉得有些落差。不过，满足还是很满足的，毕竟吃到了嘛。此时的名气又具备了无形的价值，有效地弥补了心理需求。

还在宴席上吃到了一道挺有意思的空心菜，空心菜本是常见的，不常见的是朋友特意说的一句话：这是王力老家的空心菜，是最好的空心菜。王力，自然是好著名的语言学家王力。他老家是博白，属玉林市。空心菜怎么就还有最好的了呢，我一直觉得我家附近超市里的空心菜也不错。不过这也只是腹诽，到处旅行的好处之一就是被迫着见多识广。忙上网查了查，博白空心菜，又叫博白蕹菜，中国国家地理标志产品。其中的细叶尖空心菜，又名小叶蕹，被北京中国农科院所编著的《中国名蔬菜》列为中国名蔬，以鲜美脆嫩著称，在餐桌上的美名是"青龙过海"，多好听的名头儿啊。王力再加上"青龙过海"，使得这道空心菜越发好吃起来，我一个人吃掉了半盘子。

对了，还吃到了浓香筋道的牛皮。很迟钝地听懂了本地朋友们的"梗"。他们说要赶快吃，吃完了等会儿就吹。

吹什么？

牛皮嘛。可不是让吹的么。众人笑。我这才明白过来，牛皮原本就分为虚构和非虚构两种，我平日里只知道虚构的牛皮，在全州，被非虚构的牛皮吸引，居然忘了虚构的牛皮也是经典。

稍微遗憾的是没吃到醋血鸭。下次吧，下次。留个念想。如钩的念想，钩得人难忘。

游湘江

那天，吃完了午饭，来到大堂，发现天下着雨。突然很想去看看湘江。

每到一地，只要这个城市挨着江河，就会尽力去亲近一下。这么著名的湘江，自然是不能错过的。

问了几个人是否同去，都有些犹豫。说，这么大的雨。是啊，这么大的雨显然是不适合去的，可我就是很想去啊，怎么办？

那就去。朱山坡，田耳，还有何述强，这三位陪我去。在昨天下午的好日子，他们其实已经去过江边一趟了，这次就是要顺着我的意思。真是好兄弟们。

朱山坡说要换上酒店的拖鞋，这么大的雨，我们都是皮鞋。是啊，自家的鞋子还是要心疼的。于是上去换鞋，对了，还有拿伞。

出了酒店，就叫三轮车。三轮车非常多，可见是最适宜此地的交通工具。四个人，八块钱。车身是大红色的，上面写着"豪华加长版，唱享优生活"。四人上车，两两对坐，聊起了三轮车的昵称，还真是有的一大说。我索性发了个朋友圈，征集了个话题，收到的答案精彩纷呈。以"某某子"定调子的是一个系列：三蹦子，三驴子，三马子，电烫子，地奔子。电烫子是因为三轮车长得像个电熨斗，电烫子就是电熨斗。我服了。以AAB为模式的是：蹦蹦车，突突车，噗噗猴。有几个特别抒情的称呼还真是让人惊艳，比如湖南人叫的慢慢游，深圳人叫的麻木——因为会把人的骨头颠簸至麻木，还有一个"柔姿"，是形容这车开起来扭来扭去的姿态，这名字起得这么妖娆，简直堪配琼瑶小说里的女主。洋气的呢，也是很洋气，有的地方叫"踩士"，和"巴士""的士"是一个系列，还有的干脆就叫摆渡车。

天津一位老兄给的答案简直让我们赞叹,他说天津对机动三轮车的叫法是世界级别的,只有提前彻底现代化的城市才能这么叫机动三轮车:狗骑兔子。

说着笑着,就到了江边。有几条船停靠着码头,里面的人要么是在发愣,要么是在打牌。有人起身招徕,我们便应着,讨价还价。每人四十?太贵了。作势要走,船家利落拍板:四个人一百块!得逞的我们嘻嘻哈哈上船,议论着"四个人一百块"作篇文章,应该也是有趣的。

雨仍下着。朱山坡说,这叫龙舟水。田耳说他老家那里叫龙船水,并背出了典故,是沈从文的《边城》:"初五大清早落了点毛毛雨,上游且涨了点'龙船水',河水全变作豆绿色的。"眼前的湘江水,还真是纯正的豆绿色。也确实临近了端午节,快该有龙船了。

发动机的声音很大,我们说话的声音也很大。大得像吵架。

雨突然下得急,大朵大朵的泡泡开在水面上,溅起来的那一刻,如晶莹剔透的淡灰色花,淡是极淡的,因是极淡的,淡至透明。那么多的花啊,一朵朵开,一朵朵散。远处的水面是明一片暗一片的大团光影,苍苍茫茫，渺然无限。那些山呢，就是泼墨山水画一般。还有那座高耸的塔，是叫雷公塔吗？

静默的时候，我们仿佛都被这情景给震慑住了。

雨又小起来，很快停了。天空出现了蓝色块，太阳也若无其事地出来打招呼了，真是让人没脾气。朱山坡说，他们那儿的天气就是这样。他们小时候在田里收稻谷，家里在晒稻谷。一下雨都飞一般往家里跑，得赶快把晒着的收起来。然后呢，雨停了，再打开晒，再去田里收割。一天要反复个两三次，特别正常。

他是北流人。我问他，你们北流的风景和全州差不多吧？他摇头否认，说不一样。哪里不一样？我们没有这么大的江。

丛林茂密，树木葱茏，潮热的气息，变幻莫测的云雨……以前总觉得朱山坡、林白、李约热等这些广西作家的小说有不可思议之处，现在我都能理解了。他们原本过的就是这样的生活，在外人眼里有魔幻感的一切，其实就是他们的日子。

确实是很大的江。在三江汇流处，江面简直像是湖了。全国有很多三江汇流的地方。两江就没三江有气势，四江五江似乎又太多了。三江就是刚刚好。三生万物。

江边都很多树，树荫圆滚滚的，我统统不认得。

这树是什么树？

江树。

哦——

就是江边的树呀。

这答案。

再靠近便分明了一些，有很多柳树，也有槐树。但柳树和槐树到这里似乎变了个样子。

船工磨着方向，似乎有想要把船开到城里的趋势，我们喊他，让他开到更开阔的江面上去。可能在他的经验里，客人们都是要去城里的，像我们这样的不多。

我们要看原始的风景——这话说得好文艺啊。师傅内心里不知道怎么想。

天气就这么任性着，大雨，小雨，中雨，还有晴天，轮番切换。晴天的时候可以说是晴空万里——不能说万里无云。云是预备着的雨，是常有的。白云少，乌云多，映着水面，拍出来每张都是风光大片。

河边有人，看着似乎在洗东西，再近了看，其实是在钓鱼。还看到很肥壮的水禽，似乎是鸭子，又比鸭子大，很像是鹅，且不止一两只。后来确认是鸭子，应该是家养的。

江心也有树，长在小岛上。田耳说，这样的小岛，土地成分很微弱的小岛，叫作渚。江水涨了，树们就和这渚一起泡在水里。江水落了，树们就和这渚一起露出水面。脚下的土地明明是朝不保夕的，树们居然能长这么粗，这么坚强。像是奇迹。

船缓缓靠岸，我们又开始在江边漫步，打着伞。雨还是下得很任性，一会儿大，一会儿小，一会儿晴天朗朗。田耳讲到篙和桨的用法不同，水深不过一米，适合用篙。水深过了一米，用篙就很吃力，插在水里不容易拔出来，就要用桨。他小时候也划过桨。划桨很讲究技术，有些家伙资质好，对把舵有感觉，给他半小时他就会把了。没办法，天生的。

革命叙事

红军长征湘江战役纪念园，如今已经是4A景区了。人潮涌动。坐落在脚山铺下，因这是湘江战役的三大阻击战之一——脚山铺阻击战的遗址所在地。湘江战役，惨烈悲壮之至。我脆弱的耳神经甚至怕听。怕听，又想听，想听，又怕听。出了纪念馆，心态才稍稍放松。远望山坡高处，红旗招展。讲解员说，每一面红旗下都掩埋着一位英灵。到处是青松，红枫，香樟，银杏，竹子。"一草一木一忠魂，一山一石一丰碑"，就是如此啊。

还去了米花山红军烈士墓。八十多年前，湘江战役结束后的某个冬日，附近的才湾村蒋姓村民来这里砍柴时发现了七具红军遗体，冒着风险将这些战士掩埋。从此，为这些战士守墓成了蒋家人代代相传之事，到现在已经是第五代了。

为我们讲解的是蒋家的后人，也已是两鬓斑白的老先生了。他的口音于我而言很有障碍，让我听得半懂不懂。不过也没关系，我心里是懂的。

行程匆匆，还有两个渡口我没来得及去。一个是大坪渡口，一个是凤凰嘴渡口。凤凰嘴渡口是血色最重之地。红八军团、红九军团在此渡江，红八军团渡江前有一万多人，渡江后剩下一千多人。红九军团渡江前是九千多人，渡江后剩下不足三千人。当地百姓留下了一句话："十年不饮湘江水，三年不食湘江鱼。"

即使不去事件的发生地，听到这些在鲜血中提炼出的俗语，我也还是忍不住想落泪。为了那么多鲜活的生命，也为了本地百姓的情义。彼时的那些百姓，也许说不出什么家国天下的宏大词汇，他们只是凭着本能，凭着朴素善良的本能，凭着人之为人的本能在疼惜那些年轻的生命。

聊到写湘江战役的作家，大家异口同声提到了黎汝清，说写湘江战役最好的作家就是他，除了《湘江之战》，他的作品还有《皖南事变》和《碧血黄沙》。我搜了一下他的资料，和他密切相关的一个词是"革命叙事"，这段话是谁写的？说他的写作"展示了当代作家在书写革命战争史和革命战士命运上的探索，以重新认识革命的复杂性、历史的偶然性和革命者的个性，写下不同于以往革命历史故事的新篇章。在这些作品中，野性的叙述与英雄主义紧密相连"。

村庄里

还去了几个村庄。

水头村，有一条河。他们不叫河，我听到同行的广西人议论，说，看这一条水。他们夸赞这水，说这是一条好水。可见这水在这水量丰盈之地，也有着不俗的品质。河上有桥，不止一座。最常见的是石板桥，也有拱桥。平的平，弯的弯，拍出照来，着实好看。

这里有红一军团全州战场临时指挥部的旧址，是典型的旧式民居，青砖，黛瓦，马头墙，天井小院，绿苔茵茵。木梁柱上雕刻精美，石子儿在地面镶嵌出讲究的图案。还有几堵老墙，一排排的鹅卵石砌在泥里，很有美感。我猜想它的主要作用是不是有些类似于钢筋或者水泥？

沉默的历史被乡音浓重的讲解员唤醒，有些字音含混而过。我仍是听得半懂不懂。不过，听不懂也真是没关系的，每一眼都是历史，每一脚都是历史。

梅塘村也是这样。村的核心是一个塘，据说塘边有梅树，村就叫梅塘了。穿村而过的河，就叫梅溪。也有很好的水，这水的好却与水头村不同，简直是有些神奇了。泉水极多，被一格子一格子的方块券起来，各有用处。有一个格子是供专门饮用的，这一格子的水底里长着极其碧绿的一株植物，众人议论了半天，我到底也没听明白叫什么。反正一个意思，就是能证明这水特别特别好。

一个小碗放在池子边，许多人都喝了，我自然也喝了，说是得喝两碗。为什么？因为好事成双啊。

梅溪公祠是红一军团当年的宿营地，如今挂的牌子还有老年协会和幸福院等，房子还保留着当年的气派。大门的廊檐下有燕子窝，几只燕子在窝边镇定地看着人来人往，不叽喳，不惊慌，一副见过大世面的架势，非常安然。

进了大门的天井里，左右各有一方小池，居然养着几只乌龟，有的慢游，有的静默，都是很滋润的神情。出了大门，左右仍是一方方的小池子。有一个池子养着鱼，小小的紫色的鱼。再往右走几步，听见挨着塘的房间里传来女人的笑声，探头一看，屋子里有一方更大的池子，女人们都在洗衣。见有陌生人，便一起看。我搭讪，问她们为什么不在这里用洗衣机呢？她们几乎是同声回答：在家里洗才用洗衣机！

是啊，来这里就是要用手洗的。她们看我的眼神像看白痴。

村里的妇女主任介绍说，这里还是男人们洗澡的地方。常年水温是十八度。一年四季都能在这里洗澡。男人们洗澡，女人们洗衣，这一泓清水，和他们真是相亲相爱啊。

　　一时间也没什么事，就环绕着梅塘慢慢走着。错落有致的民居，新的敞亮，旧的幽深，蜿蜒的小巷随便一拍都有韵味。粉白的绣球和红黄晕染的大丽花映着涟漪荡漾的水面，可以想见，它们是年年开的。花年年开，水时时流，雨常常下，日子就这么一天天过着。能这么过下去，谁说不是好日子呢？

石头记

1

也许是因为从小长在太行山下的缘故,石头看得多了,早年间便不怎么喜欢石头。这些年来,还是因为石头看得多的缘故,却越来越喜欢石头了。到保定的第一天,我和朋友在城里闲逛。看过了直隶总督府,就听出租车师傅的建议去了钟楼——据他说那里除了钟,还有一块赫赫有名的石头,叫大列瓜。"沧州的狮子定州的塔,保定府的大列瓜。"师傅嘎嘣脆地背着顺口溜。

钟在二楼,一楼售票,票价五块。钟楼还有一个好听的名字,叫"鸣霜楼"。

钟是原来的么?

是。售票阿姨说。

大列瓜呢?

也是真的。她笑吟吟地朗声道:都是真的!

斑斑驳驳的红漆木楼梯台阶极陡,比平常的台阶高一倍的样子,还是稍微向下抹坡的,颇有险度。我们颤颤巍巍地上去,一眼就看到了那座大钟。这钟据史载造于1181年,已经将近千年了。文字介绍:此钟是"以生铁为原料,采用无模铸造法浇铸而成。千百年来,它经受了无数次的撞击和风雨沧桑……"这沧桑都挂在它的身上,有些斑驳的佛像和八卦纹饰简洁拙朴。以手叩钟,清脆悦耳。

我更感兴趣的是那块石头。目光逡巡一周,在一个角落里看到了它。它卧在一个矮矮的台架上,下面铺着红衬,越发显得乌黑发亮。摸过它的人一定非常非常多吧。"大列瓜",我喜欢这个亲切的昵称,仿佛它是可口的水果。关于它的介绍,我也原封不动地抄下来一段:"相传,大列瓜本是战国时期燕赵两国的界石,名'列国石',位于保定南大街路西墙根下,人们管它叫'大列瓜',久而久之,民间对其有许多神奇的传说使其更负盛名。"

什么传说呢？一说是二郎担山的时候留下来的一个扁担楔，另一说我最折服，说是这块石头没被供起来的时候，在地上刚刚被发现的时候，是没有底儿的，也就是说你怎么刨都刨不出来的。坊间流传，民国初期，人称"保定王"的大军阀曹锟在保定担任直隶督军，和这块石头较上了劲，说"我就不信，这块小小的顽石竟没有底"。于是派人刨了好多天，越刨石头越大，终究还是没有把它刨出来。却原来，此石不是孤石，而是一座古潜山的峰尖，它下面有一座山呢。……民间就是这么有智慧，总是能有效地把端庄古板的官方立场再度进行诠释或者解构，以极富想象力的方式。

相对于软弱短暂的肉身，石是坚固恒远的经典象征，深为奢望长久的人们所期待和依赖。——突然想到，明天的行程是西陵，一定会看到更多的石头。不由得，便想起了三年前在东陵看石像生的情形来。

2

那天中午，漫长的车程终于告一段落，我们来到了东陵。盛夏的天气，本来一下车就会热浪滚滚，但在东陵却是凉快的。远远地就看见了两座山夹着一个山口，当地的朋友——在东陵工作多年的专家汪雅克先生介绍这山口叫龙门口，过了龙门口就是一泓大湖，汪雅克说这是龙门湖，是天然形成的。有山有水的地方，能不凉快么？

在孝陵石牌坊前面站定，汪雅克一一指给我们看：金星山形如覆钟，端拱正南，如持笏朝揖，在风水上是朝山。陵寝与朝山之间的小山名为影壁山，似玉案前横，可凭可依，在风水上是案山。陵寝后面紧紧依附的山名为昌瑞山，玉陛金阙，锦屏翠障，在风水上为靠山。众山形成了拱卫、环抱、朝揖之势，且又有马兰河、西大河清水汩汩，碧流殷殷，实在是皇家陵寝的吉祥宝地。

风水之事我一向不通。于我而言，这两个字过于玄幻且遥远。让我觉得亲近的是那条神道，即连接朝山、案山和靠山之间的那条路。从朝山到靠山有八公里之距，为了让这三山气势恢宏地联系在一起，同时又有实际的功用，神道便被设计者呈现了出来——忽然明白了神道为什么叫神道，在将逝者抬向陵寝的路上，人在两边走，中间是棺木，棺木里是抛离了沉重肉身的神灵，就是神道。

很久没有见过这么空旷的路了,我在那神道上慢慢地走着,给双腿放假。走着,走着,远远地,就看见了那一排石像生。汪雅克说孝陵石像生共十八对,当地老百姓俗称"孝陵十八对"。其中文臣三对、武将三对、站卧马各一对、站坐麒麟各一对、站卧象各一对、站卧骆驼各一对、站坐狻猊各一对、站坐狮子各一对。那些兽们为什么要站坐或者站卧各一对呢?汪雅克笑答:"站的值白班,坐的、卧的值夜班。它们也得轮休啊。"

石人也就罢了,我只爱看这些石兽。满人是马上得天下,自然得有马。这马仿佛随时会撒蹄子跑起来似的。把手伸到马的嘴巴下,仿佛能感觉到它粗重的呼吸。还有骆驼,这骆驼比我在沙漠里见到的要考究,要漂亮,驼峰柔和,乖顺可爱。还有狮子,张牙舞爪,瞠目咆哮,凶猛强悍,粗犷威武。我最爱的是那大象。矮墩墩的脚,壮实实的身子,长长的鼻子,小得几乎看不见的眼睛,尾巴也小小的,紧紧地贴着臀。它身上已经有好几道裂出的石纹,却并不显得沧桑,反而让它更加憨厚雄浑,真实可亲……我一一走过,用手摸着它们的身体。它们都是热的。这盛夏的天气,是阳光晒热了它们。不过也许它们本身就是热的，谁知道呢？

它们都是清早期的石雕作品，轮廓简明，线条遒劲，造型朴拙，颇有汉风，但比汉朝的又精致了些，华丽了些，多了些人间烟火——在站象下面，我驻足。这里有几个摆摊的，是村妇村夫。汪雅克说这些人都是满人，就住在附近，都是给他们的祖宗守陵的人，代代相传到如今。我看着他们。男人们穿着寻常的白汗褂，女人们穿着艳丽的衣裙，怀里的婴儿只是围着个花花绿绿的肚兜。在这阔大的陵园里，他们自顾自地坐在那里说笑着，悠游自在，气定神闲。不时地，他们会看一眼我们这些外人——我们这些闯到他们祖宗之地的人，可不都是外人么？摊子上的货物有风车，有糖果，也有新鲜的水果。我问那村妇水果是什么，她答："李子呀，新鲜的李子，五块钱一斤。"

有小孩子爬在象身上玩耍，一会儿背上一会儿腹下，口中念念有词，状貌很是惬意。我有些担心，这么玩耍下去，如果把象损坏了可怎么好？问汪雅克，他淡淡道："唉，多少年了，都是这附近的人……"

这几句话貌似逻辑破碎，我想了想，才明白了。忽然觉得温暖：是啊，这些石像生这么多年都好好地留下来了，怎么会被小孩子们嬉戏坏呢？他们也是满人，怎么会毁坏祖宗的物事呢？而且，他们在这里玩，不是最应该的么？也许，他们的玩对于睡在陵寝里的祖宗而言也是一种幸福吧，石像生，石像生，石像自是岿然不动，那生是什么呢？除了这些活生生的人，还有什么最能意味生呢？生动，生机，生气勃勃，生生不息？

3

天气很好。蓝天映衬着琉璃翠柏，明艳耀目。如果不是那种近乎苍茫的阔大和静穆，这里简直不像是个陵寝之地。自然处处有石。因为帝王之陵，石的呈现在这里便显得更为庄严、浩大和华丽。石拱桥，石五供，牌坊，华表，碑亭……满目皆石，无一不石。而在崇陵的地宫里，最常见的则是青白石：月牙影壁的外层为青白石料，隧道券和闪当券的平水墙下肩是青白石角柱，头道门洞券和明堂券也是青白石。"巨大的石料在空中相互撑托，彼此倚靠，对接严密，细面平滑。"而地宫四道石门的门楼，也各用巨大的青白石制成："雕有脊、吻、瓦垄、勾、滴等。门垛为马蹄柱形，底部雕有佛轮，上部雕有高山、浮云和净瓶，工艺精巧，繁简得当。"

引号里的文字均摘录于主办方所提供的资料《清西陵纵横》，一叠厚厚的资料里，这是我最心仪的一本，编著者是陈宝蓉，于1985年著述完成，1987年6月出版第1版，印刷三万九千册，1998年5月第2版，距今也有将近二十年。这本书装帧非常简单，甚至可以说是简陋，但是内容翔实，信息丰富，笔墨简净，极具美感。比如写到昌陵隆恩殿的地面是紫花石铺墁，原文如下："紫花石又称豆瓣石，产于河南，每块呈正方形，边长六十二厘米，磨光烫蜡，不滑不涩，砖缝如线，平亮如砥。石面呈黄色，缀以天然形成的紫色花纹图案，其状如竹笋，似春蚕，若芙蓉……观者莫不惊诧自然造物之神奇。更值朝日渐入或夕阳轻镀时分，门窗摇曳晃动，光线若明若暗，整个地面如同一块巨大的黄色的玻璃板，映入无数紫蝶翩翩起舞之倒影……"

同作为浸泡文字多年的人，在旅游资料里读到这样优美雅致的专业文字，我也忍不住要赞叹。真是讲究，还饱含情感，而这情感的表达又很内敛，且因为内敛而更为动人。顺便上网搜了一下她的名字，还看到一则有趣的史料，为她署名所写，说的就是崇陵地宫的事：1980年春天，她在雍正泰陵月牙城的照壁前右下角发现了一个盗洞，以为泰陵地宫被盗，就向省里做了报告，省里又报告给了国家文物局。一周后，国家文物局通过了《关于抢救挖掘泰陵地宫的申请》，工程立马开始了。可是在挖到地宫前面的第一道屏障金刚墙时，盗洞痕迹消失。这证明地宫没有被盗通，墓室内的文物没有丢失。他们欢呼雀跃，因为再挖下去："那可都是价值连城的宝贝，具很高的历史研究价值……说不定这次挖掘成果能被评为1980年度考古新发现。"可是国家文物局责令他们回填。原来按照规矩，没有被盗的陵就不能挖掘，被盗的陵却可以进行抢救性挖掘。当她明白了这个逻辑之后："……由于泰陵地宫回填，引起的沮丧心情，一下子被驱散到了九霄云外。送走国家文物局的领导和专家，我们没有回保管所，叫上几个工人，带了铁锹镐头，直达崇陵，扒开盗洞里的砖头瓦块和废旧垃圾，不到一个小时，就见到了被盗墓贼打开的第一道石门。崇陵确实被盗了，就是说我们可以挖掘了，西陵也有清理出来可供人观赏的地宫了！大家又一次欢呼雀跃起来。"

在崇陵地宫里，想着她当时的心情，我简直都想笑起来了。太可爱了不是吗？

4

"风萧萧兮易水寒"，易县得名于易水。此行易水不见，却见了易水湖。阳光照着波光粼粼的湖水，不寒。

荆轲的故事早已渺远，但是在故事的发生地易县，他的留存却是时可见闻。除了人人皆吟的"风萧萧兮易水寒，壮士一去兮不复还"，还有"白虹贯日"。《史记·鲁仲连邹阳列传》言："昔者荆轲慕燕丹之义，白虹贯日，太子畏之。"——易水河边，至今有一村名为白虹。

一想到荆轲，跳进我脑子里的事物，除了剑，就是石头。他的意志是石头，樊於期奉献出的那颗头颅，也是石头。燕太子对他的信任是石头——吗？《史记》言："于是太子豫求天下之利匕首，得赵人徐夫人匕首，取之百金，使工以药淬之，以试人，血濡缕，人无不立死者。乃装为遣荆卿。燕国有勇士秦舞阳，年十三，杀人，人不敢忤视。乃令秦舞阳为副。荆轲有所待，欲与俱；其人居远未来，而为治行。顷之，未发，太子迟之，疑其改悔，乃复请曰：'日已尽矣，荆卿岂有意哉？丹请得先遣秦舞阳。'荆轲怒，叱太子曰：'何太子之遣？往而不返者，竖子也！且提一匕首入不测之强秦，仆所以留者，待吾客与俱。今太子迟之，请辞决矣！'遂发。"

"太子迟之，疑其改悔。"一个疑字，易水寒彻。而也因此，这个故事更具有真实性，更让人信服。而荆轲后面的行为也才更有力量："太子及宾客知其事者，皆白衣冠以送之。至易水之上，既祖，取道，高渐离击筑，荆轲和而歌，为变徵之声，士皆垂泪涕泣。又前而为歌曰：'风萧萧兮易水寒，壮士一去兮不复还！'复为羽声慷慨，士皆瞋目，发尽上指冠。于是荆轲就车而去，终已不顾。"

荆轲是河南鹤壁淇县人，春秋时期齐国大夫庆封的后代。难以想象他怎样从豫北游历到河北——如今的高铁真是快捷，我从郑州到保定也不过两个小时，但那时候，荆轲走这一段路，不知道需要多长时间？他到了燕国，由田光推荐给太子丹，便走上了慷慨的不归路。他死后，太子丹命也不久，燕国也没有更长寿。高渐离隐姓埋名做酒仆，终因"击筑"而暴露了自己，后来秦始皇找到他，熏瞎了他的双眼，让他为自己"击筑"。他完全可以凭借此技为自己落个善终，但是他没有。他深藏着滚烫的刺客之魂，"举筑扑秦皇帝，不中。于是遂诛高渐离……"

荆轲墓有多种说法，身为一个河南人，我当然更倾向于让他回到故乡。据《中国名人名胜大辞典》记载，荆轲墓"在淇县南一公里折胫河北岸，墓呈金字塔形土冢，高六米，占地约三十平方米，墓北有观音堂庙，庙碑刻亦记'荆轲墓，庙南'字样。1929年，淇县师范学校校长李道三曾盗掘此冢，内有水，颇寒冷。李从中盗获古剑一把，长三尺，铜锈斑驳，擦拭之后寒光逼人，李道三将剑据为私有，现下落不明"。

——英雄是崖石。没有几个人能够攀爬到崖石上，更没有几个人能够在崖石上生活，但是也正因此，崖石成为仰望的珍宝。两千多年来，人们对英雄的怀念，是绵绵不绝的易水，更是壁立千仞的崖石。

作为一个最凡俗不过的人，我也只是崖石的仰望者。于我而言，最亲切的石头是颈上的和田玉平安扣和腕上的翡翠手串，最文学的石头是《孔雀东南飞》的诗句:"君当作磐石,妾当作蒲苇。蒲苇纫如丝,磐石无转移。"这是爱情的誓言,也是爱情的意志。其实,蒲苇又何尝不是磐石?很多东西,本质上都是磐石啊。

It's a long way to go

大地怀姜

Chapter 03

大地怀姜

1

也许在很多人的感觉里,怀这个字的核心之旨便是怀抱的怀。于我的记忆而言,怀的第一要义却是怀庆府的怀——怀庆府,是家乡焦作的古称。小时候,每当听长辈们说起咱们怀庆府如何如何,我心里总是有些抗拒地腹诽着:都什么年代了,还府啊府的,听起来就很腐嘛。还有,府,这就是个大院子的感觉,明显不如"市"的气派大呀。

直到现在,才慢慢品出"怀庆府"的意味,实在是比"市"要深远,也比"市"更有温度——"我们都是怀庆府的人",和同乡这么叙起来的时候,俨然共用着一个家门，可不是更有温度？

因为怀庆府的缘故，我们这一块豫北平原，还有一个别名，就叫怀川，又叫牛角川，因它是牛角状的。这一块由狭至宽的丰腴之地，四季分明，日照充足，地下水丰富，无霜期长，雨量适中，不客气地说，是种什么什么好，极有代表性的特产就是四大怀药：菊花，牛膝，地黄，山药。尤其山药最负盛名，对，就是铁棍山药——就是那个男人吃多了女人受不了、女人吃多了男人受不了、男女都吃多了床受不了、种多了地受不了的，铁棍山药。

除了这四大样，还有许多好东西。比如怀姜。

如同有羊的地方都认为自家的羊肉最鲜美一样，凡是种姜的地方，似乎也都认为自家的姜最好——不管别地儿的姜怎么想，反正我们怀庆府的人就当仁不让地认为：怀姜是全中国最好的姜，也许没有之一。

史载怀姜迄今已有一千六百多年的种植史，晋代诗人潘岳任怀庆令时，就留下了"瓜瓞蔓长苞，姜芋纷广畦"的诗句。这姜，在这样的地方，被种了这么长时间，如今又成了中国国家地理标志产品，怎么可能不好呢？

不过，说来惭愧，吃怀姜吃了这么多年，却从不曾见过它生长时的模样，唯一知道的是它和树没啥关系。唐代有个段子，叫《楚人有不识姜者》："楚人有生而不识姜者，曰：'此从树上结成。'或曰：'从土地生成。'其人固执己见，曰：'请与子以十人为质，以所乘驴为赌。'已而遍问十人，皆曰：'土里出也。'其人哑然失色，曰：'驴则付汝，姜还树生。'"

虽然主角是楚人，但我着实怀疑这故事产自我们怀庆府，因为其中提到了驴，我们怀庆府的沁阳就盛产驴，其特有的美味就叫作怀府闹汤驴肉。

2

终于，这个秋天，十月末，和几个朋友一起，在当地土著带领下，我在博爱看见了怀姜的第一现场。

怀姜又叫清化姜。所谓清化，就是博爱县城的所在地清化镇。因此以我非常粗线条的理解，怀姜约等于博爱姜。当然博爱本土对此还有着极其精微的认定，说到姜，博爱人有句口头禅："前乔篓，后乔筐，苏寨萝卜，上庄姜。"前乔、后乔、苏寨、上庄都是村名儿，这么说来，上庄姜一定是顶顶好的。不过以我的浅见，总觉得有点儿被神话的意思。同在一块大地上，相隔又不远，即使不是上庄，那其他村子的姜应该也会很不错吧。比如眼前的西金城村。

当家的地主老兄说，这片姜田有三百亩，属于他的有八十亩。一眼看去，果然是很大的一片地。湛蓝的天空下，姜田里呈现着悦目的秋香绿。有的姜苗已经倒地了，有的还在挺拔地生长着。横着也好，竖着也好，横竖交织出一种油画的质感。

我们撒欢似的奔到地里——不得不承认，我骨子里就是一个农民，看见地，心就跳得格外厉害，不，应该是伪农民，要是真正的农民，应该会表现得很淡定吧。伪农民首先做的事就是庸俗地拍照。整株的姜苗高度及膝，叶片的形状有点儿像竹子。我揪着一片叶子闻了一下，一股子不那么浓烈的，清爽的新鲜的姜香。又好奇姜花是什么样儿，有朋友说，姜花是白色的，有点儿像剑兰。

远远地，一些人花花绿绿地散落在姜田里忙碌着，应该是本地的农妇们吧。走近，果然是农妇们正在拔姜、摘姜。跟她们搭讪，她们只是憨厚地笑笑，不怎么接话。

我们便也来到她们不远处,学着她们的样子弯腰去拔姜。拔姜拔姜,拔这个动词,听着就有游戏的意思,似乎不用付出太大的体力。可是我们拔一下,拔两下,姜依然在那里。再加一把劲儿,拔出来的姜块却是断裂的。

"不是那么拔的。"她们笑起来。连忙告诉我们,是应该用犁把土松一下,再去拔。

"那边的田垄有犁好的,你们去拔吧。"

好嘞。我们就去那边拔吧。

3

这下果然好拔了,几乎不费吹灰之力。于是我们拔啊,拔啊,拔了一会儿,便把姜们排成排,又是很庸俗地拍照,拍,拍,拍。和姜拍够了,又想和正在摘姜的农妇们合影,人家都不怎么情愿。是,我们这样,也真是讨人嫌,耽误人家干活儿呢。实在被我们纠缠不过,她们才跟我们勉强配合一下。合影的时候,她们笑得倒是也很开心。

拔够了,就摘。我们识趣地把摘下的姜块放在她们的姜堆上，聊作弥补。——不，不应该叫姜堆，应该叫姜山。小小的，山。想到张娇，就凑成了一句：姜山如此多娇。把这小姜山放在一个塑料桶里，就叫作一桶姜山。只管让那个"一统江山"磅礴去吧，咱们这一桶姜山，要的就是一个稚拙可爱啊。

摘姜就更简单，就那么轻轻一掰，姜块就乖乖地离了根茎。刚摘出来的姜，带着一点点嫩嫩的胭脂红，似乎有点儿害羞，非常漂亮。她们的身上还有一点点儿浮土，可那浮土是那么干净，一点儿也不脏，反而使得她们的胭脂红更为动人——不由自主地，就把姜称为了"她们"，可这样的小模样，不就是少女才有的神韵？再一琢磨，姜，这个字，看起来就是美女的简写嘛。

——被人嘲笑过几次，不敢妄自揣测，连忙查了"度娘"。"度娘"说，姜，字从羊从女。"羊"，意为"驯顺"，与"女"相合，意为"驯顺的女子"。这么说，从造字本意来看，姜是指像羊一般温顺的女性。作为姓的姜，身份就更为贵重，她起源于母系社会。姓和氏在古代有严格区别，姓代表氏族的血统，称为族姓，是区分血缘的识别标志，所以最早的姓，如姚、姬等皆从女。

原来，姜还真是有性别的。果然就是女。

4

那么,"姜是老的辣"的老姜,又有什么讲究呢?农妇们告诉我们,就是把鲜姜存放起来,存放个半年以上,最好是一年以上,就是老姜了。总之,是得隔年。隔年,就意味着这些少不更事的鲜姜最起码要经历春秋冬三季,把这世上的风霜雨雪尝个差不多。

然后,就真的老了。

然后,就真的辣了。

然后,就像《吕氏春秋·本味》里说的那样,成了"和之美者"——调和食物的美味。

朱熹在《论语集注》中的夸赞更给力,他说:"姜能通神明,去秽恶。"

毫无疑问,有这等强悍功能的姜,必定是老姜。

什么又是最好的老姜?农妇们给我们找出一排嫩姜下面牵连着的那块姜,说这就是最好的老姜。每到种姜时节,她们会挑选出上好的姜,让她做母亲。而这些姜做了母亲之后,又会被激发出最大的能量,从而成了最好的老姜。

也就是说,能用来做母亲的姜,就是最好的老姜。

这些个老姜，就叫作姜母，或者母姜。

"女子本弱，为母则刚。"这话，说的原本就是姜吧？或者，可以换句话说："女子本弱，为母如姜？"

和娇嫩的子姜们相比，这块老姜已然是一副老母亲的模样，黯淡，沧桑，沉着。——她不美。不过，用美不美来形容她，也是不适合的。极不合适。这最好的老姜，已经超越了美。或者说，她有着最大的美。

告别时，农妇们仍在田地里默默地忙碌。最后和我们合影的是一位脸膛黑红的农妇。看我贴在她的身边蹲下，她让我离远一些，说她的衣服脏。怎么会脏呢？我紧紧地挨着她。她叫什么名字，我不知道。我知道的是，她一定是一位母亲。

5

中午吃的是鲜姜炒肉片，自然是鲜得掉眉毛。有行家在，一路长知识，听他们条分缕析地讲怀姜的好，就更觉得口口美妙。和别家的姜比起来，怀姜到底好在哪儿？他们说，怀姜有几个"格外"：味道格外辛辣，丝格外细，还格外耐煮，简直是百煮不烂。有人感叹，只是这姜再好，大多也不过是用来厨房调味的配角，炖汤、炒菜，这些用度都微乎其微。相比起来，感冒时熬姜汤喝它倒是主角，可谁整天感冒呢？这姜再好，也不能为了喝它而整天感冒吧？

"喝姜糖膏嘛。"

是啊，怎么把姜糖膏给忘了呢。姜糖膏装在一个小小的瓶子里，有点儿蜂蜜的样子，一入口，你就会知道，它和蜂蜜很不同。既是姜熬出来的膏，自然是姜的精华，这精华的效用就近乎可爱的保健药：驱寒，发汗，化痰，止咳，补中，养肝，解酒，止吐，防暑，除湿……对于女人尤其好的是，可以用来暖：暖宫，暖胃。我胃寒，喝它用来暖胃正对症，所以常在手边放着，想起来就冲一杯喝。有时候喝咖啡，也用它替代蜂蜜，居然也有很不错的口感。

"想亲手熬吗？一会儿带你们去感受一下。"

我一怔。从来没想到要亲手熬它。熬，想起来就觉得艰难。尽管我好奇心很强，对这件事却还是知难而退。若不是这一天来博爱拔姜，我想这辈子也不会去做这件事。

确实有些出其不意，好在准备起来也很简单。等我们到了操作台前，黄澄澄的姜汁已经备好在玻璃瓶里，众目睽睽下，四个人各执一瓶，很有些仪式感地一起把姜汁倒入锅中。行家们在旁边指点着，我们用勺子搅啊搅的，等到稍微热了一些，就放进了一块红糖——是一大块，砖头那么大的块，说是古法红糖，赤黑里微微泛红，让人一看就口舌生津，仿佛尝到了一股凝固的甜。

按说这么一大块糖放进锅里，肯定会融化很长时间吧？却没有。如冰遇火，只过了一会儿，糖就完全不见了，汤汁黏稠了许多，颜色也深了许多。于是就再用勺子搅啊搅啊，眼看着汤汁越来越热，越来越热。按说那么大一块糖融进去，汤肯定也会显得多吧？不知怎的，一点儿都不多。

到底是有些单调的劳动，最大的娱乐就是边熬边尝，我们聊着，搅着，隔一会儿尝一小口，再评判着。汤汁是宁静的，可尝到舌尖上却让人惊心动魄：那么辣，那么甜！这辣，不是辣椒的辣，辣椒的辣，是急吼吼的辣。也不是胡辣的辣，胡辣的辣，是粗鲁的、浓烈的辣。这就是怀姜的辣。这姜的辣，是细腻的、内敛的、含蓄的辣。

汤汁越来越浓。熬了有个把小时之后,我们暂停,把汁重新收回到了玻璃瓶里,恰好还是四瓶。多了砖头块大的红糖,居然还是四瓶。这真是有些奇妙啊。

我们各自带回去一瓶,说是要继续熬,把它熬成。也不知道他们熬了没有,反正我第二天就自己熬了。

6

我是用煮花茶的玻璃壶熬的,为的是看。熬起来才知道,根本看不清,汤汁在玻璃壶里,一片雾一样的混沌。

那就不看吧。且任它熬去。这边看两页书,那边熬半个小时,就停一停。再写几行字,那边再熬半个小时,就再停一停。总之是,这边做着事情,那边任它熬着。

心,越来越静了。

突然知道了为什么以前会认为熬有艰难的意思,那是因为熬的前面总有一个字,是煎。《说文解字》里说:"煎,熬也。凡有汁而干谓之煎。"如此说来,有汁不干就是熬了。再去辨析,煎和熬果然有细微的不同:因汁干了，煎和火的距离就近，热的速度就快，脾气就爆，性子就烈。不是有个词叫"急煎煎"么？熬呢，就不那么快，不那么爆，不那么烈。只要有汁，有耐力，有静气，有时间，那就按照自己的节奏来吧。所以，也有个词，叫"慢慢熬"。

从上午到下午，一整天，这点儿姜糖汁，我居然熬了七八个回合。加上在博爱熬的，算起来，该有四五个小时了。等到汤汁越来越少，到了玻璃壶的最低限，它开始报警，这表示它实在是熬不动了，我又不想这时候再加水，于是方才意犹未尽地终止，把熬好的姜糖汁一勺子、一勺子地收到了玻璃瓶里——不能倒，太黏稠了——居然只装到了瓶的四分之一。

这时，我终于可以确认：汁成了膏。

晚上，有朋友来访，问我，你家这是什么香气？

有香气吗？

很浓。你还真是入芝兰之室，久而不闻其香。

不是芝兰，是姜糖膏。

哦，是姜香啊。她感叹着，在客厅里转来转去，突然指着一个瓶子里插的东西问，这是什么？我说是姜叶。拔姜时，我顺便把一束新鲜的姜叶带回了家，就插在了这瓶子里。

怪不得呢,这叶子也有姜香哩。她笑道,怀姜这名字,意思就是姜香怀抱着你吧。

我拼命点头。

小日子

1

早餐后,我拎着袋子出门。袋子里装着昨天买的一盆花,叫如意皇后。如今,特别喜欢这种名头吉利的东西了,什么吉祥啊,如意啊,一帆风顺啊,平安果啊,富贵竹啊,万年青之类。还有带着点儿清新文艺范儿的,碧玉、春雨之类的,听了名字就想买。昨天在家门口的花店拎了四盆回家,花了两百多块。这盆如意皇后是最贵的,独占了一百一。因为花色好,是彩色的绿植,色彩斑斓的。白色的支架举起白色的盆体,里面兜着花的内盆是那种最寻常的褐红色的塑料小盆,是最常见的那种小盆,过于小了。

这花好养么？我问老板娘。我养花的最高理想就是希望能把花养活。

好养得很。她说。又叮嘱说别浇水太勤快，这花不大怕旱，倒是涝死的居多。只要不涝死，会越长越好，越长越大。

所以啊，这么小的花盆，怎么能够用呢？而且我也觉得这内盆太不好看了。我家里有一堆空盆呢，都是被养死了的花留下的纪念。我便洗出了四个，准备把如意皇后倒腾到其中一个里，其他三个让老板娘帮我选几种，继续种。

到了花店，老板娘一看就明白了，痛快答应。她细细的眉眼，单眼皮，长得特别平凡，却很能干。——不漂亮的女人，她们的能干更让人信服。我莫名其妙地这么觉得。她家的花不还价，宁可送点儿花，也不还价。这种风格我也很喜欢。我说我先去买菜，回头来取。她说好嘞。

超市离家走路十分钟。我喜欢去超市买菜，也是因为价格恒定，不费口舌。买了鲜面条，最小袋的，也有一块二。足可以吃两顿。在家门口的小店，我每次只买一块的，也能吃两顿。如果不是自己买菜，简直难以置信在饭店动辄十几或者几十块一碗的面,成本只是五毛钱啊。

又买了一堆小东西:红薯两块,一块三;西红柿四个,两块三;大葱一小捆,两块;香菜一把,两块;黄瓜四根,三块五;西芹一小把,一块二;白萝卜一个,一块二。共计十三块五。真便宜啊真便宜。

大妈们正在买菜,我喜欢跟在她们后面买。在买菜方面,她们绝对是专家。

大葱前,一个大妈在掐葱叶子。我也跟着掐。她友善地看了我一眼,有点儿知音的意思。

大葱两块钱一斤呢,四块钱一公斤。真贵。我说。

是啊,真贵。

我家人少。

那挑个小把的。

这个好不好?

不好,不硬实。你摸一摸,葱白硬挺挺的,才是好的。太硬了,有的长老了,葱秆里面是空的,也不行。

说着,大妈给我挑了一个。

母亲去世后,我跟着大妈们买菜,常常会想,要是母亲在世,我们一起去买菜,她也会这么唠叨吧。

超市出口的地方，有个小小的美甲摊位，靓丽的女老板正在给一个客户美甲。后面墙上挂着一排围巾，处理，每条十五块。都是净色的，我停下脚步。我的花围巾太多了，净色的少，应该再添两条。何况又不贵。女人的衣柜里总是少了一件合适的衣服，女人的脖子上总是少了一条合适的围巾，女人的脚上总是少一双合适的鞋，女人的手上总是少一个合适的包……女人就是这样嘛。

试了一条极浅的粉，少女粉。照着镜子，有点儿不好意思。

衬得脸色好看呀。好看。两个女人一起看我。

又试了一条极浅的西瓜红。

这个也好看，你皮肤白，怎么都好看。

又选了一条黑的。

这个好配衣服的。美甲的老板和被美甲的客户兴致盎然地评价着。然后撺掇：都买了吧都买了吧，这么便宜呢。

纠结了片刻，买了粉和黑。粉的不一定能戴出来，但是一直是特别想买粉的，真的。哪怕只是放在衣柜里看看，也想买。

花了三十。

到花店，老板娘已经把如意皇后倒好了盆，却没用我带来的盆，说我的盆不合适。她用的是她自家店里的大一些的褐色内盆。这个就行了。她说，不算钱。我拿去的四个小盆里，她也培好了土，分别装了一盆虎尾兰、一盆孔雀竹芋、一盆飞来凤、一盆文竹。告诉我怎么养，我认真听着，其实也没记住。自从这家花店开了以后，我就隔三岔五来，在她这里买的花草，有啥问题就让她帮着处理，再也没有光荣牺牲过。专家就是专家，有问题找专家就行了。

多少钱？

三十。

两天的饭菜，四盆花，两条围巾，一共花了七十七块七。我很满意。

钱是可爱的，让我花钱的人和事物都是可爱的，花钱的我，也是可爱的。这生活，是零碎银子就能有滋有味的生活，更是可爱的啊。

2

因为家里动了点儿小工程，就淘汰了一批早就不顺眼的家具，想要买点儿新的。有朋友推荐让去旧货市场看看。说旧货市场虽然名为旧货，可有很多东西还是崭崭新呢，性价比甚高。

那就去看看。午睡醒后就去了朋友推荐的那家。在北三环外，也曾路过很多次，一直不知道那一大片平房是干什么的，这次终于明白了。是厂房车间似的结构，一个车间就是一家店。人们三三两两地在门口聊天，乍一看，分不清老板和工人。但只要往店里进，他们一和你搭话，你就会知道了。工人往往是比较热情地搭话，却是职业的热情，是迎宾式的。老板呢，则是稍显冷淡地搭话，这冷淡是有话语权的冷淡，因为知道自己说话是算数的。

因为没有想买，所以看得随意，哪家店都进，只当瞧稀罕。发现办公用品居多——这是个流通之地。应该是公司倒闭了，就卖了家具。新公司成立了，就来这里买，物美价廉。量又大，格式也统一，好收购。

也有一些私人家具，果然有不少都是崭崭新的。虽然蒙了灰尘，但一看品相就可以想见擦干净后锃亮的样子。这些崭崭新的家具，是怎么就送到这里了呢？自是必有缘故。或是因为买时就不如意，买回家越看越不如意，就发卖了。或是刚结婚不久就离了婚，之后再娶时断不能用这些虽新已旧的物件，就得处置。或者是因调动工作卖了房子搬了家……物离人，人离物，都有一本故事啊。

走着逛着，便看中了一个实木茶几，才要一百五。我问可以送货么？老板从鼻子孔里冷笑：一百五，你还要送货啊。

还看到一个很原生态的榆木茶台，款式色泽都漂亮，含五把椅子三个条凳，一共两千八。真是太便宜了啊。只是太大了。好不容易腾出来的空间，我不想让它们占得太厉害。

有个老板强烈推荐他的一套美人椅，说是四大美人呢。我便跟着他的指点认真地看那椅背，皮革面上果然印着工笔画的四大美人。老板得意地拍着其中一个说，你看你看，这个洗衣裳的，不是西施？我说是啊，是西施。老板点头道：我一看这位在洗衣裳，就知道她是西施。

西施是浣纱，不是洗衣裳。很想跟他解释这一点，后来想想，也没必要厘清。我能跟他说，这纱不是衣服的纱，而是作为原材料的苎麻吗？还是罢了。在他的意识里，浣纱就等于洗衣服，况且说实话，他能知道这些，就很不错了。

我问多少钱一把？他答一百块。又总结道，四把四百块，不能再少了。我感慨道，真便宜。一边感慨一边觉得，在这里，感觉自己成了一个有钱人。看他不明所以地笑了笑，才突然意识到了自己的不得体。是啊，买东西的人，怎么能感慨人家的东西便宜呢？这是对东西的不尊重，是不符合买者的职业道德的。必须嫌贵才对。

可是很没出息的，我还是越逛越觉得便宜，越觉得便宜就越觉得自己有钱，越觉得自己有钱就越觉得该买。到底还是没控制住，当机立断买了一个原包装尚没有拆封的茶台，含五把椅子，货价为一千九，加上一百块的送货费一共两千。

真的是，太便宜了。

有点儿尴尬的是，要和送货师傅一起坐三轮，且需得并排坐在驾驶座上。从没有享受过这种待遇，我便有些惶恐。和师傅紧紧挨着坐，心里一边打着小鼓，还一边故作镇静地和他聊天，听他讲运货的种种。很快就到了我家所在的经三路，我说经三路可能有警察，他说一般不会有。我以为他们会爱走小路躲警察，他说他们就爱走大路，说大路平坦好走。他还说，他会"斗智斗勇"。这都是生存的智慧啊。

——和他一起坐这种车，其实我有些难为情，有点儿怕熟人看见。再一想，也没什么啊。我对自己说，不要矫情，你和他们是一样的，一样一样的。

也是这位师傅，上上下下几趟，把货给我扛到了家。我给他拿了水，道了辛苦，赞他能干。他说，不能干不行啊，没文化的人，就得能干。看着我满屋子的书，他突然又说，你是文化人吧。我连忙否认说，不是，我不是。我也不知道自己为什么要否认，反正在那一刻就是觉得，去否认就对了。

3

前几天去逛菜市场的时候，一眼就看见了红菜薹。

问多少钱一斤，答曰四块五。

这个菜薹的样子和颜色有些面熟，只是和我吃过的不太一样，比我吃过的要娇小一些，气势上要弱一些。感情上也没有那么亲。

怎么可能一样呢？

查日记，是2020年1月14日收到了武汉朋友给我寄的洪山菜薹，那时我和武汉的朋友都不知道将经历什么。我欣欣然在"今日头条"发了个帖子，内容是"收到了武汉朋友馈赠的别致年礼：洪山菜薹。因祖国地大物博，更因我孤陋寡闻，以前居然从不曾见识过此等佳物。"洪山菜薹，武汉市洪山区特产，中国国家地理标志保护产品，在唐朝就已经是"著名的蔬菜"。其茎肥叶嫩，甜脆清鲜，因颜色属紫，也有紫气东来的好意头。看它开的黄花多像油菜！因它本来就是油菜啊。随手把它立到了书桌上，发现也是极好的一景呢。

阅读量到了五十万，引起了五百多条的网友讨论。

"落单的蜜蜂"说："我们武汉在外的游子过年大都会收到'洪山菜薹'。各大菜市场都有。都叫洪山菜薹。不过正宗的产量很低，都被关系户买去送礼啦。"

"君子兰"说，千万别浪费了。好贵的，几十块钱一斤。

"湘南人家"说，冬日的美味蔬菜，头茬的又肥又嫩，四块钱一斤。

"别样烟火"说，这个应该是二百九十八。

价格大讨论越来越烈，有人说，2008年吃过的洪山菜薹就一百五十块一斤了。有人说，宝通寺下，一百块一把。还有人说，现在五百块一斤的都有，而且就两根。更有人说，塔影田产的两千了。"南无我"说，塔影里的可不是有钱就能吃到的。"手机浩子"说，有次在地铁上碰见一个送货的师傅说，开了光的就是两千一盒……"雪天"说，嗯，还有个名字叫作智商菜薹。

我这外地人看得眼花缭乱，不明所以。好奇心涌起，简直想打电话问问送我菜的朋友，到底是多少钱。到底忍住了。最基本的社交修养还是应该有的，是不是？

明白了：世界上有两种菜薹，一种只是菜薹，另一种就是洪山菜薹。

洪山菜薹呢也分两种：一种只是洪山菜薹，另一种就是洪山的宝通寺菜薹。

宝通寺的菜薹是不是也分两种，一种是塔影里的，一种是塔影外的呢？

不知不觉，讨论的方向又转向了菜薹的做法。

有人说，一定要掺五花肉生炒了吃。有人说，一定要用猪油或者腊肉去炒才好吃。不管那么多，菜薹到了我手里，就是我最惯用的清炒。

那一捆菜薹被我吃掉的过程也很有趣：开始吃得很土豪。一炒两整根，炒上一大盘子。真叫好吃。不用配肉，清炒就很好吃。以为紫色的茎口感粗粝，其实炒出来很是细腻清香。眼看着它在炒锅中的变化，也很神奇。紫色马上变成悦目的翠绿。渐渐的，菜薹越来越少，就吃得很吝啬了，用各种菜来配着它吃。一直吃到最后，它都有些蔫了，可是炒出来依然是那么好吃啊。

动荡的形势也伴随着这个过程。其间和朋友频频联系，话题沉重，情绪焦虑，无可安慰，就说吃的。我反复夸她送的菜薹好吃，她边听边笑，说听出来你的意思了，放心吧，明年还有，只要你喜欢，长期给你上贡。我说，好啊好啊，那我可记挂着啦。

对我来说，武汉的菜薹也只有两种：自己买的菜薹，和朋友送的菜薹。

4

春天一来就特别想吃野菜。这天路过菜市场就拐进去，蔬菜区在二楼。我的眼光在寻常蔬菜里跳跃，想找到一些不寻常的面貌。

在一个摊上看见了香椿。主色调是嫩嫩的暗红，怎么看怎么舒服。有没有一种颜色叫香椿色？

老板是个壮小伙儿，穿着件花溜溜的夹克。

多少钱一斤？

三十五。

嚯，可是够贵的。

头茬的呢。

头茬的香椿是好。我附议。暗自寻思，要是搞搞价的话，能搞到三十不？

吃鲜物不能心疼钱。小老板又稍稍拖长了音儿：头茬香椿头刀韭，顶花黄瓜落花藕——

这河南话说得，真叫一个大珠小珠落玉盘。作为一位资深吃货，"头茬香椿头刀韭，顶花黄瓜落花藕"这"四大嫩"我自然也是知道的。前三样都明白，唯有落花藕有些懵，查了资料方才懂：荷花落时气温渐低，莲藕的糖分淀粉也开始沉积，待花落尽，此时新采的莲藕丰盈爽脆，充分地代言了深秋食材的鲜美。

有野菜没？

啥？

嗯，这么问是我的错。野菜这个词太统称了。应该问得具体点儿。

有面条菜没？

没有。

有白蒿没？

没有。他顿了顿，教育道：现在不叫白蒿，叫茵陈。

对对对，是叫茵陈。我回敬：正月茵陈二月蒿，三月四月当柴烧。

他笑了，说：你想想，这还没出正月呢。

哦，就是，还没出正月。我还以为到二月了呢。

没出正月。

他看我的眼神，简直就像看个大傻子。

有荠菜没？

你点菜呢？他说，这两天都没有。

听口气前几天有？

前几天是有。这不是刚下过雨了么。

是了，前些天连下了几场雨。昨天雨才停住。

下雨了不是长得更快？那啥时候能有啊？

再过两天呗。反正现在地里是下不去脚，掏不出来。

——掏不出来。真是喜欢这样的句子啊，闪闪发光。好像是掏什么宝贝似的，不过，也是，野菜就是春天的宝贝。

现在的野菜都是大棚里的吧？

大棚如今也敞着呢，地泥得不行。

野长的得到啥时候？

也还得过几天。又强调：姐姐，这还没出正月呢。

要是有了，会卖多少钱一斤啊？

老板又笑。被我的蠢逗笑的吧。

随行就市呗。他说。

末了还是买了半斤香椿，十五块。有点儿小贵，不过跟小老板逗了这会儿嘴，很愉快。总体衡量一下，觉得还蛮值。

5

都说春雨贵如油，春雨大概也是知道这句话的，所以很是持重，轻易不肯下。待它下了，自然也不该任它白下。这个下午，接近黄昏的时候，听着窗外滴答滴答的雨声，我便打了伞出去。

雨不大不小，下得分寸刚刚好。有车灯照过来的一瞬，光中的雨丝显得格外有质感。可只是站着看雨也是有些呆傻，总得貌似有些事儿做。最便捷最当然的选择，就是逛家附近的小店儿们。这些个小店儿逛起来，真是让我流连忘返，个个都爱啊。

"小翠酱萝卜"，号称是喝粥必备，确实也是我家必备的。承诺是：所有的菜都是亲自加工，绝不使用半成品，也绝不使用香精色素添加剂。吃过几回后，我着实信了。售卖的自然不只是酱萝卜，荤素都有，尽量丰富。酱萝卜八块钱一瓶，嘎嘣脆的酱黄瓜和韩国泡菜是九块一瓶。荤的都是喜闻乐见的品种，论斤卖的：五香猪蹄三十六块，猪头肉三十九块。论个卖的：鸭头五块，豆瓣小黄鱼十二块。看着品相，闻着味道，简直都忍不住想去扫码。所以我有时候逛这种小店故意不带手机，怕自己忍不住。实在是不好忍住。

往前走，味道是一股特殊的浓烈，臭豆腐和烤面筋的小店到了——也不是店，就是一个橱窗式的小摊位。臭豆腐也罢了，我不怎么吃。烤面筋则是我的挚爱。吃了这几年，我也眼看着它们一点一点地贵了起来。从一块钱一串到五块钱四串，如今是十块钱七串，这种算法就是在考食客们的数学。不过于我倒是无所谓的，因为我喜欢按整数买。到了烤面筋的摊位，我要么就不上前，若是上前了就立马掏钱，免得自己纠结。然后就看着老板取面筋，蘸面酱，烤啊烤啊，烤了这面烤那面，再刷一遍酱，最后撒芝麻，装袋。拿到手中，先吃一串，烫嘴的油香，迷人的筋道，难以言喻。

再往前是卖火锅食材的店，叫锅圈汇。第一次进去的时候，我惊呆了。这就是火锅食材的小天堂，什么都有，应有尽有。酱类的芝麻酱，沙茶酱，香菇牛肉酱，海鲜酱，等等等等。调料类的花生碎，蒜蓉，香菜碎，等等等等。肉类的肥牛，肥羊，黄喉，手撕毛肚，白千层，牛筋丸，青虾仁，亲亲肠，脑花，等等等等。素的更是琳琅满目，豆类的，菌类的，蔬菜类的，一个单品都能分成若干类，如竹笋就有春笋、冬笋、纸片笋、泡椒笋、火锅笋……此店让我深刻地觉得，自己在吃上面的见识还很有限，进步的空间还很大。

拐过街角，又是一排小店：卤御烧肉，紫燕百味鸡，皇城根酱肉，博爱牛肉丸子，北京烤鸭，岐山臊子面，春燕素食汇，五谷杂粮煎饼，汉中热米皮，濮阳卷凉皮，金擀杖擀面皮……似乎有插播软广告的嫌疑——店家们不会给我广告费，以我的影响力也带不了什么货——可也顾不了许多了。不写下来我就觉得对不起它们。把它们的名号一一写下来的过程，恍若是和老朋友们一一打招呼。它们各自的气息扑面而来，盈满肺腑。我确信，我爱它们，它们也爱我。

除了锅圈汇之类特别与时俱进的小店外，其他小店都很有些年头了。我生活的小区很旧，附近也几乎没有新楼盘，但据我认识的一个房地产中介说，我们周边很少有房源，想要卖房子的人很少。为什么呢？我问。他夸张地提高了声音，回答道：大概是因为在这里生活太舒服了，太方便了，太美好了！——这些小店，一定是这"三太"生活的重要功臣。

最后进的小店是一家小超市。我每次进去，都不会空手。是一定要买点儿什么的。这次在蔬菜档上居然看见了面条菜，真是喜出望外，尽管此面条菜长得未免太过茁壮，一看就是超季超前的，不是完美的面条菜。这种状态的面条菜，铁定是大棚里种的。野生的面条菜还得半个月吧，还是天气晴朗的情况下。不过，有的吃就很好了。它也是这个超市蔬菜里最贵的了：五块钱一斤。我买了半斤，又买了一小扎香菜，明天中午的面条，就要靠它们俩了。

回去的路上，左手打着伞，右手拎着这两袋菜，偶尔有雨丝落到发上。行在这春雨之夜，灯光旖旎，可爱的小店们夹道拥抱，让我觉得自己简直富足无比。

家常饭

1

在视力尚且朦胧的时候,粉嫩如花的小嘴就急切地张开,准确地迎向温软的乳房。那里正储蓄着丰满醇厚的奶香。——我看着怀抱里小小的儿子,仿佛看到了自己当年。当年的我,一定就是以这样的情态面对着母亲的乳房吧?母亲的乳房,最初的饭碗,最早的厨房,这里存放着我们人生的第一份食物。奶,水,芬芳的流质,温暖的液体。人生的第一份食物就是这么历历可数的单纯。

然后呢?懵懵懂懂中,对食物的搜寻是原始的本能,也是游戏的本能。因无知而无畏,仿佛触手可及的一切都可以成为玩具兼美味：自产自销的手指，放在嘴里尽情吮吸，它的功用似乎完全可以等于十根高仿的火腿肠。我曾经学着儿子的样子尝过自己和他的手指：我的手指再洁净也有一种顽固的咸苦，他的手指哪怕两天不洗也有一种微微的嫩甜。或是因陋就简的筷子，新筷子会有明亮的油漆香，那香味爽朗得似乎会在舌尖大声叫喊。而褪了色的旧筷则必定会失去木质的清幽，漆香也沉默了，哑巴了，仿佛只剩下了疲惫和衰弱积存在它单调的身体上。随时可供入口的还有柔软的衣袖。衣袖的功能真是多啊，可以擦脸，可以拭汗，可以磨牙，更可以放在舌尖品味，它和牙齿之间的舞蹈有云的轻盈，也有棉花的筋韧与虚泛……再然后，渐渐地，眼睛明察秋毫，嗅觉如虎添翼，小小的牙齿也渐露锋芒，于是，不再游戏了。吃就是吃。食物就是食物。吃食物越来越成为一件庄重快乐的盛大之事：食粥，食饭，食油盐百味。个子越来越高，年龄越来越大，嘴巴越来越宽，无数的食物如不尽长江滚滚来，将日子淹没。

——随着年龄的增长，发现自己是越来越喜欢吃东西了，也越来越会吃东西了。这二者是有互动关系的：因为越来越喜欢吃，所以越来越会吃。也因为越来越会吃，所以越来越喜欢吃。总而言之，我觉得自己似乎已经慢慢地从吃中获得了一些能力——不，不是能量，这些吃食除了有让我活下去的能量之外，确实还让我获得了一些能力。是最不实用又最实用的那种能力：不实用是因为这种能力不能赚钱。实用是因为这能力可以照见人生的些微。

2

说起吃，忽然想起二十二岁之前我居然是不吃肉的，不免感到惊奇。确实，从有记忆的时候起，我就对肉非常敏感——厌恶的敏感。敏感到一看见肉，一闻到肉味儿都会恶心。用肉炒的菜，我肯定是不动的。过年时家里会用剔过肉的猪骨炖一大锅骨头汤，俗称老汤或者高汤，做菜时总会放一些，因为只是汤，所以放进菜里根本就没有肉影儿，不过是个味儿而已，但这也是我绝对不能忍受的，我宁可吃咸菜，或者再炒个什么素菜。经常如此，他们用这老汤炖大烩菜：青翠的白菜，雪白的豆腐，透明的粉条，墨绿的海带，深红的牛肉丸子，浅黄的腐竹……就着软暄暄的大馒头,一个个吃得心甜意洽,我自己却另炖一锅,料都是一样的,唯一的不同就是不用老汤。因为我的关系,奶奶总是另做有素丸子和素包子,饺子馅也肯定是另备一份素的。她也不怎么吃肉。她说她不喜欢吃。后来我发现她的不喜欢是有弹性的:肉少了,不够吃了,她就说不喜欢。"太香了,顶不住。"肉多了,要剩下了,她肯定就可劲儿吃。"这么好的东西,放坏了多可惜。"

对于我的吃素,她虽然也会劝几句,但总的来说还是很支持的,甚至是鼓励和表扬的。后来我暗暗怀疑,她是为了让我省下些给她的孙子们吃。她老人家一直都有些重男轻女。那时候家境清贫,家里吃肉的机会不多。女孩子们少吃一些,男孩子们就可以多吃一些。虽然多不到哪里去,总归还是多一些好。

不吃肉,能吃的就只有素食。然而那时的素食也很有限,除了大烩菜里的那几样,就是时令的蔬菜:黄瓜、西红柿、茄子、长豆角……我更喜欢在地里现摘这些东西生吃,就着井水一冲,放在嘴里就咬起来,仔细品去,这些生的东西,都有一种甜甜的后味儿:黄瓜是脆甜,西红柿是酸甜,茄子是涩甜,长豆角是腥甜……

除了甜味,还有一种鲜奶味儿。我坚信:如果用这些生的东西去提炼某种鲜的基因,得出的结果肯定和牛奶的鲜属于同宗同源。

吃的范围由素扩展到荤是在结婚之后。对我来说,饮食男女这几个字真的是非常一体地进步着。爱人家都很能吃肉。我第一次去他们家的时候,是临时起意,没有预先告知,因此是地地道道的家常饭。他们吃的是捞面条,配菜是大炒肉。大炒肉这个菜名我是第一次听到,后来才知道,这个菜名是他们家的独创。什么是大炒肉?就是用葱配肉炒,也就是纯纯的炒肉丝。他们家就叫这个是大炒肉。我去了之后,婆婆给我盛的面里有一半都是肉,我勉强把面吃了,把肉全留了下来。老太太就此知道:她未来的小儿媳妇是个不吃肉的人。

但是过了门之后不久,我二十多年的斋戒便破了。是从羊肉串开始的。爱人非常喜欢在大排档上喝啤酒吃羊肉串,知我不吃肉,便故意逗我:"吃一串吧。咱吃得起,不用省。"因为几乎天天都要听他这一番话,有一天忍不住就动了心思,吃了一串,居然感觉不错。后来又开始吃羊腰,不是那种全腰,而是小腰片,又脆又香。我学会吃羊肉串那年是1995年,县城的羊肉串价格是一块钱六串,如果要两块钱,还会多赠一串。腰片的价格要贵一些,一块钱一串。那个烧烤摊常年设在我们县城的影剧院广场上,老板叫老豹,体格黑壮,温顺寡言。

几乎是与此同时,我的舌头还接纳了羊杂碎。夫家大哥在新乡工作,隔段时间便会携妻带女回家看望婆婆,一回家,便会号召大家去西关吃羊杂碎,我推辞了几次,后来也跟着去了,一去便喜欢上了。我们常去的那家店叫二宏羊杂碎,见名知义,店主的名字就叫二宏。那边的店都是这种风格:跃进羊杂碎、大新羊杂碎、长江羊杂碎……每家店前都支着一口大锅,锅里一半地方堆着切好的杂碎,给人以非常丰盛的感觉,另一半是翻滚的雪白高汤,我们报过碗数,他便取过敞口粗碗,放入香菜、红椒末和味精,将汤汤水水的杂碎舀入碗中,顿时,白的汤、粉的杂碎、绿的香菜、红的辣椒……悦目非常。旁边的草编筐里是新出炉的烧饼,一块钱四个,我们一家按数买好,进店坐下,顿时就占去了半个店。——我们从没有集体去别的家吃过。只因大哥说好吃,他的舌头久经检验,我们就无条件地信任了。后来我悄悄独自去别的家尝过,似乎还真的是二宏的羊杂碎比较好吃，不过我也暗暗怀疑：我们之所以觉得好吃，其实是因为吃了太久的缘故。——口味也是有记忆的。吃淡的久了，便觉得淡的好吃。吃咸的久了，便觉得咸的好吃。我们村里有一个媳妇，最喜欢吃放馊了的饺子馅包出的饺子，她说在娘家时吃饺子是很隆重的事，饺子馅会盘很多，总会放馊，她吃惯了那种自然酵酸的味道。受她的蛊惑，有一次我故意把饺子馅放馊，吃了一次，果然有一种奇特的酸香。不过相比之下，还是觉得不馊的好。那毕竟是她的习惯，习惯可不是那么好传染和转移的啊。

一碗羊杂碎，汤多肉少。汤是河，肉是游泳的鱼。好在最有味道的不是吃鱼，而是让舌尖在河里游泳。也因此，吃杂碎还有一种最寻常的说法，叫喝杂碎。杂碎汤还有一条不成文的规矩：汤是免费加的。据二宏说，曾有一个老头带着两个孙子来喝杂碎，他只要了一碗，却加了十次汤。他们爷孙三个吃得肚子溜圆，也把二宏噎了个珠玉满喉。

由羊肉串到羊杂碎，在羊身上，我算是开了荤戒，从此一发而不可收。——后来回过神儿来，才发现这两样都是家常之外的杂味儿。为什么会在家常之外的杂味儿上开荤？想了想，大约是因为这些杂味儿野，满，有劲儿。而我的骨子里，喜欢的就是这些个野，满和有劲儿。不过杂味儿吃多了就会明白：家味儿虽然没有杂味儿足，杂味儿却也真的比不上家味儿正。开了野荤之后，我的胃便由杂至正，由外及里起来，慢慢地被家常的魅力一五一十地收了编，招了安。婆家大嫂很会做菜，一跟着大哥回到家她便主厨，煎炒烹炸，样样开花。我越发耳濡目染，筷筷知味。吃肉的范围也越来越广：鱼，猪排，猪肚，大肠，清炖鸡，红烧鸡，红烧排骨，虾，蟹……鱿鱼是我尤其喜欢吃的，它敦厚的白，脆脆的筋道，清淡绵长的美味，从视觉到口感都是享受。带儿子去豪享来中西餐厅吃套餐的时候，他要的一般都是牛排，我要的就是日式吊片套餐——在我的猜测中，吊片，就是鱿鱼切成片之后的另一种称呼。

吃得多了，也便开始做了。粉嫩的油腻的猪肉，深红的血淋淋的牛肉，规整如画的排骨的线条，鱼和鸡凝滞的眼睛……以前不能看不能动的各种肉类，都开始和我进行了亲密接触。我切，剁，洗，做，吃，品。终于由草食动物变成了肉食动物——不，确切地说，是杂食动物。由一个村姑嫁入县城的豪门，由肉开始，我在吃上逐渐长了见识。后来想想，之所以吃了那么长时间的素，归根结底还是小时候家穷的缘故。

——似乎有些跑题了。这些都是家常菜，不是家常饭。在我的意识里，说到底，菜和饭的意义终究还是大不相同的。就种类来说，菜比饭多。但就分量来说，饭比菜重。菜是锦上添花的花，而饭是花用来立足的锦。我们的日子，可以没有花，但绝不能没有锦啊。

3

身为河南人，我钟情的食谱里自然离不了面。味蕾对于面的感情，简直是连心都不能理解。我一个朋友，某银行老总，穿金戴银，宝马香车，俨然是不折不扣的超级白领，但身为河南人，她却改变不了自己胃的德行。每下飞机，她要做的第一件事就是直奔烩面馆，要一大碗烩面，吃得面净汤干，淋漓尽致，然后把嘴一抹，再打道回府。

"没办法，心里就是想啊。"她哀叹，"先吃了那碗面，心里才踏实。"

我没有做过统计，但我毫不怀疑：全国烩面馆最多的地方一定就是河南，河南烩面馆最多的地方一定就是郑州。走在郑州的大街上，看吧，到处都是烩面馆。三步一小馆，五步一大馆。也不知道是因为烩面馆多了，人们不得不习惯吃烩面，还是因为人们喜欢吃烩面，所以才会有这么多烩面馆。反正郑州人就是离不开烩面馆。呵，这一瞬间，我仿佛又闻到了那种特有的味道——

"羊肉烩面说是烩面，其实主要是喝汤。喝羊肉高汤才是这道面食的精华。"一个对美食颇有心得的朋友谈到经典的羊肉烩面时，曾经这么说。她这方面的理论很系统。她说：羊肉一定得要肥的，肥了汤味才浓。用小火来慢慢温是必须的。郑州最好的羊肉烩面是合记和萧记两家。合记的汤肥，萧记的汤鲜。如果不喝酒，最好吃萧记；如果喝酒，最好吃合记。"一碗肥汤倒进去，胃就暖过来了，连酒都解了"。

她还会做烩面。我曾亲眼见过她做烩面的全过程。先是和面。面自然要用精粉，和面的时候要放一点儿食碱，还要放一个蛋清，再加上微微一点点盐。绝不能多，只稍稍有些盐味儿即可——有一家烩面馆的名字就叫"一点盐"。刚刚和出来的面是糙的，也是硬的。没关系，往里倒些油，再接着和。和着和着，油似乎是面的酒似的，就把面醉了。醉了的面自然就软了。不，这时候软得还不够，软得不透，还是生软。生软的面就要用湿布将面盖住，把面放一放。一定要用湿布，不然面的表皮会结一层干壳。这个过程的专业术语应该是"发酵"，但河南人却是这么说的："让面睡一睡。"——还有一个叫法更有趣，是"让面醒一醒"。睡和醒，这两个字居然都用到了这里！每当听到这两个字，我都仿佛看到面里一个个小小的嘴巴打着哈欠，想要醒来却又忍不住又想要睡去的模样，可爱慵懒，娇俏动人。就是这两个再平凡不过的动词，就是这两个再普通不过的字，就是这两个看起来意思截然相反的字，就是这两个不论什么人都会用的最最民间的字，居然就为面传达出了最最恰如其分的气息和神情。就是这两个字啊，除非是这两个字！

醉了的面睡好了，醒过来了，就会散发出一种自然而然的光润，用手一摸，也有了弹性。这就是熟软了。熟软了的面，就可以抻烩面了。因为是纯人工做，所以抻出来的烩面都不怎么规则，一碗面里，有宽有窄，宽是自然的宽，窄是自然的窄。有厚有薄。厚是自然的厚，薄也是自然的薄。厚厚薄薄宽宽窄窄的一碗面煮好了，配上大得吓人的海碗，再加上细细的干丝、海带丝和粉条，浇上高汤，最后再撒上一小撮碧生生的香菜，就成了。——这最后一撮香菜很重要，是用来吊鲜味的。吊，这个词也不由得让我觉出一种特别的生动，仿佛这些柔嫩的叶子上都挂着一个个无形的小钩，这些小钩往面尖尖儿上颤巍巍地一挂，那些深埋的香味就都像小鱼一样逐饵而来，破水而出。

　　看多吃多，我便也学会了做烩面。想不会都不成。几乎郑州每个超市的半成品食物柜台里都备有一样：烩面片。这些烩面片被一片一片地放在那里，用保鲜膜裹着。买回家，开水坐锅，即下即食，方便得很，专业得很，也便宜得很——五毛钱一片。我的饭量算大的，一顿两片也就足足的了。有一次，我去豫东某个县城开会，在县城的超市里也看到了烩面片，才三毛钱一片。和省城超市的格局一样，烩面片的旁边也安安稳稳地卧着它的黄金搭档：海带丝、豆腐丝和香菜末。粉条倒是没有，也不必有。爱吃烩面的人家，怎么会少了粉条这样的干菜呢？

吃得越久，做得越多，心里也就越明白：像河南这样的地方，像郑州这样的城市，也确实是最合适吃烩面的。也只有这样的地方，才会有这样的吃食。吃了北方的面，再到南方吃了南方的米，就知道为什么南是南，北是北了。米就是那样的：一颗颗，一粒粒，精致，好看，琐碎，同时也八面玲珑，进退有度。吃不完的米，可以炒，可以熬粥，可以换个形式变成另一种吃食。而面食却不一样。馒头，烩面，做了一样就是一样，不能再变成另一样了——就是这么倔强，这么笨拙，不给自己留一点后路。吃着的时候，那种香也是倔强的香，笨拙的香，筋道的香。也因此，作为最具有群众基础的家常饭，有两种烩面的销售前程却让我觉得很不乐观：烩面方便面和烩面挂面。最初在市场上一见到，我就连忙买了尝鲜。一尝就失望透顶。满口都是硬，却不是筋。那种只有烩面才会具备的最特别的香味，被一种说不清道不明的机器味道大刀阔斧地给解构、破坏和遮蔽了。这种所谓的烩面，河南人肯定吃不出好来，凭个新鲜的名头卖给河南之外的那些人，又能撑多久？怎么能不让我对它们的寿命忧心忡忡呢？

　　某天无事，闲读一个作家写的小说，只读了个开头就让我终生难忘。他说河南这块地是"绵羊地",是一茬茬血流成河的杀伐把这块肥沃的土地变成了没有野性的绵羊地。他还说,在这块土地上,"人的骨头是软的,气却是硬的,人就靠那三寸不烂之气活着"。他的这话,最开始读的时候我不懂。后来我从烩面这里慢慢地懂了,那种三寸不烂之气,可不就是烩面的倔强,烩面的笨拙,烩面的筋道,烩面的绵长,烩面的千转百回么?——又扯远了。

4

当然,不仅是烩面,每一种面食由面生发出来,就都有其独特的美味。比如刚出锅的馒头,就是我矢志不渝的挚爱。——馒头是洋气一些的说法,我们豫北乡下的人都只叫一个字:馍。圆脸馍是馍最平常的面貌,也是最省力的团馍方式,我窃称之为"母馍"。有母馍,自然就有公馍了。我心目中的公馍都是下方上圆的那种体格,侧面看去,很像一座微小的房子。团公馍时,需要两手掌对立,将面夹住,手劲儿要很讲究,不轻不重,很迅速很决断地往中间一压，一座下方上圆的小房子就被塑了出来。这就是公馍了。除了公母，馍还有很多花样，比如过年供神的大枣花馍，有鱼样，有鸟样，有牡丹花样，不过这些都属特型演员。家常面貌的馍也就公母两种，现在几乎只见母馍一种了。过去的女人只在家里做主妇，没有什么别的出路和想法，繁苦的厨务既是她们的重负，也是她们炫技的舞台，她们做的吃食在味道和模样上也就格外讲究。现在女人从厨房里解放出来的越来越多，越来越懒，手工活也越做越简易，公馍要多费一些力气，被淘汰似乎是必然的了。

幼时在家，只要看到奶奶在蒸馍，我是肯定不会出去玩的，必定要等馍熟了，拿一个出去才罢。馍熟之后，从热锅里往外拿的过程谓之"揭馍"。奶奶揭馍时，我就眼巴巴地在旁边看着。看那，锅盖掀开了，热腾腾的哈气中，一个个白胖胖圆乎乎的小脸，那就是可爱的母馍了。但看奶奶拿一碗清水过来，将手在碗里蜻蜓点水般地蘸上一蘸，便飞舞着闪着水光的手开始揭馍，揭一个，蘸一蘸，再揭一个，再蘸一蘸……直到最后揭馍完毕，碗里的水似乎还是那么多，馍也一个个珠圆玉润，完美无缺。

偶尔，奶奶手正忙，也会让我去揭馍。我怕热馍烫手，就会用筷子夹出来，或者干脆照着馍心儿扎下去，揭出来的馍就会被捋掉一些皮，或是留一个洞，奶奶就会喝骂，说破了馍的相。边骂我她老人家少不得亲自上来剥夺我的权利。我完全不能理解她的职业精神，总是暗自嘀咕：不过是自家吃，破了相又如何？讲究这些做什么？做得再漂亮，不还是上头进去下头出来，最后成为上地的大粪？——直至成人后方才明白自己当初懊怨的性质宛如"反正要死，何必要好好生"，简直就是无赖和无知的逻辑。大字不识的奶奶以她最朴素的智慧实践了一条哲学真理：形式不仅仅是形式，它其实就是内容。

揭完了馍，奶奶照例要先用盘子装上两个供到祖先的牌位前，让祖先闻闻味儿。我照例要在心里嘀咕：真能闻到味儿么？现在明白：真能闻到。奶奶在供馍的时候自己闻到，我在供馍的时候自己闻到，便都是替被供者闻到了。一代代的上供者和被供者，沿着岁月隔出的时间差，用一种一成不变的形式抵达了薪火相传的内容。

供祖过后，终于可以吃馍了。此时的馍热而不烫，正是好吃的时候。我喜欢一层层地吃。先撕馍皮儿，馍皮儿光滑如绸，撕馍皮宛如给美女脱衣——这比喻很恶俗，不过也顾不得了。将馍皮儿吃掉，便开始吃雪白的馍肉。馍肉是大口大口吃的么？当然不是，也是一层层地吃。真正的手工馍就是可以一层层撕开的，层数很薄，层与层之间还很缠绵，此起彼伏，牵牵连连，丝丝缕缕，纠葛不断。我就这么一层层地吃着，任一层层的清香甜润在口齿间蔓延开来。

馍的近亲除了包子还有油卷。其实对于包子跟谁是近亲我一直有些犹疑。它的形式类似于馍，需要蒸。但就馅的本质而言它更类似饺子。不过是一个大一个小，一个煮一个蒸而已。后来想想，反正这几位在大范围内都属于面食，我就别操这种闲心了吧。相比于包子，油卷的分属要明确得多：它就是变了种的馍。

做法很简单：面是发面，先像擀面条似的把发好的面擀成一个厚厚的圆饼，然后把盐、葱花和油洒在上面，再把饼卷成长长的一条面龙，用刀均匀地切开，稍加整理，接着上锅蒸熟，就是一个个层次分明的油卷了。油卷还可以发展出另一种名堂：把切好的生油卷擀成一张张薄薄的饼，放在平底锅上两面烙熟，这就是鼎鼎大名的葱花油饼了。香喷喷，热腾腾，随便拎起一块都是酥软的。小时候，有了葱花油饼的家常饭，简直就可以称之为盛宴了。每次吃到这种饼，我就想：怎么会有这么好吃的东西呢？有了这么好吃的东西，一辈子的餐桌也就够了吧？

忽然想起了剩馍。一些面食被剩下来之后，虽然不能改变其面食的性质，但经过简单的处理，也是很好吃的。比如面条，如炒菜一般炒一下，仍然是别具风味的美食。"面条剩三遍，给肉也不换。"这句俗话说的也就是这个意思。而剩烧饼和剩馍呢，过油煎一些的话，也会让人过口难忘。我以前喜欢放很多的油来煎，剩烧饼煎出来脆香厚重，剩馍煎出来则外焦里嫩。后来一个朋友说我："你油放太多了，就只是油香，反而把面最原始的味道遮住了。喧宾夺主。"她来我家的时候，在厨房亲自给我演示她的做法：平底锅里放很少很少的油，开很小很小的火。将几块剩馍放在上面，让火和油慢慢地热，慢慢地煎。等煎够了一定的时间，再翻过来，煎另一面——这时候锅里已经没油了。只有油光。用厨房的专业术语，应该叫"焙"。

这样的做法时间肯定要长。她耐心地煎着，我耐心地看着——不，不是耐心，是安心。耐心还是有急躁的影子，所以要"耐"，而安心则是自然地天然地等待。我们就这样安心地加工着几块剩馍，还没有吃到嘴里，我就知道她的做法有多么好：厨房里溢满了面食最本色的香味。我贪婪地嗅着这种香味，后来把抽油烟机都特特关闭了。

5

　　饺子也是我喜欢吃的家常面食之一。最好吃的是萝卜馅。把萝卜用礤床擦成丝儿，再搁开水里焯，焯得差不多了就捞出来——萝卜水可以喝，有一种奇异的辛香爽利的味道。将萝卜丝用白布或者毛巾包好，放在案板上拧干——我经常放在搓衣板上拧，因为搓衣板的棱角可以把水分最大程度地硌出来。后来有人告诉我可以放在洗衣机里甩干，这倒是一个科技含量很高的方法，不过我不喜欢。做吃的东西，用手亲自去做，自然有享受的乐趣在里面。肉也最好别用机器去绞碎，而是用手亲自去剁。萝卜丝在搓衣板上被拧得干干的，再也挤压不出一滴水了，就可以放剁好的肉和葱姜末，当然少不了盐、酱油、味精、十三香和小磨香油。料齐，拌馅。有人用筷子，我喜欢用手。卫生起见，我戴上薄塑料手套，一手按住料盆，一手就开始拌，拌啊，拌啊，拌啊，眼看着这么多东西就融合在了一起，用各自的香味儿组成一个浩浩荡荡的香味大军，这个部队的香味是混合的，却并不浑浊；是个性的，组织到一起却也是那么和谐，如同一个最融洽的团体。 不客气地说：它们仿佛天生就最适合搭伴儿在一起同时给人吃。拌着拌着就觉得：人有一双手真是好啊，人有一双明亮的眼睛真是好啊，人有一个灵敏的鼻子真是好啊，人有一个健康的肠胃真是好啊，可以好好地做，可以好好地看，可以好好地闻，可以好好地吃。

没有什么比好好的更好了，不是么？

去饭店里吃饭，我也爱点饺子。因为相比而言，饺子和葱花饼、手擀面一样，都是人工成分最多的食物。——速冻饺子除外。我无法认同速冻饺子，那种统一的过于香腻的味道，那种一闻便知的技术性：什么样的面适合速冻，什么样的馅在解冻之后还能有什么样的口感，什么样的包装最能引起食欲……一种美味，成了流水线上的商品，想想就有一种莫名的生冷。如果有些饭店没有饺子，那我就退而求其次，找些类似于饺子的东西，比如锅贴，比如馄饨，再比如生煎包子，都可抵得过。而一些饺子店的菜单也是我所喜欢的，虽然吃不了几样，但看看也能让我心满意足。猪肉类的：猪肉大葱，猪肉韭菜，猪肉酸菜，猪肉茴香，猪肉扁豆，猪肉芹菜，猪肉西葫芦，猪肉茄子，猪肉青椒，猪肉黄瓜，猪肉胡萝卜，猪肉三鲜，猪肉蕨菜……忍不住惊叹：猪肉真是无所不配啊。仿佛只要是菜，就可配上猪肉做成馅。羊肉类和牛肉类的因为个性的关系，不如猪肉配得那么多，却也别有意趣。我曾做过羊肉香菜尖椒馅和牛肉白萝卜馅，都十分可口。素馅一般以鸡蛋为主角，当然也是可以百搭的：韭菜鸡蛋，茴香鸡蛋，茄子鸡蛋，尖椒鸡蛋，洋葱鸡蛋，番茄鸡蛋，酸菜粉丝鸡蛋，小白菜粉丝鸡蛋，香菇鸡蛋……偶有不以鸡蛋为主的，也很令我喜欢，如豆芽韭菜，黄豆芽粉条，还有素三鲜——只要有虾仁或者虾皮，任几样素菜都可以凑成这么个素三鲜。

前些时的某一天，我还被迫吃了一顿素七鲜。那天黄昏时分，我正在家里做晚饭，忽然电话响了，是乡下婆婆打来的。

"你赶快去超市买七种菜,做一顿素饺子。记住,菜一定要够七种,不能多也不能少。饺子也是每人吃七个,不能多也不能少!"她谆谆教诲,我诺诺应答。最后请教她老人家:"这是什么由头?"——我常常接到她老人家这种凭空而降的遥控指示,每次都有一些由头。

"没时间跟你说了,你赶快去买吧。我也得去寻菜了,回头再说!"

于是我不敢再啰嗦,放下电话就和面——面得有一段时间用来睡和醒呢。和好了面,连忙奔向家门口的一个小超市,小超市的菜很有限,挑完了大白菜、小白菜、小芹菜、生菜、油麦菜、小香椿这六种,剩下一种怎么也找不到合适的:西葫芦有些硬。黄瓜呢,也不好切碎。土豆莲菜这些也都挨不上饺子的边儿。最后看到香菜,才算解决了第七的问题。卷着七种菜回到家,洗净,沥水,切碎,用小磨油、十三香和盐拌好,面也正好醒过来。正准备去包,却觉得这馅深绿浅绿的一片,终还是太单色了些。于是又炒了一个鸡蛋,用鸡蛋的金黄色将这一片绿色岔开,果然就悦目了许多。等到饺子包好入口,我忙活了整整一个半小时。第二天把电话打给婆婆,追问她让我受这份慌张的缘由,她呵呵地笑了:"昨儿咱们这儿打雷了。正中午打的雷,晴天白日打雷,不好。都说得按人口吃七个七叶饺才能免灾避祸。"

"究竟从哪儿传起的?"

"谁知道。反正是有人这么提了头儿。咱既然知道了,就得去去心病儿,是不是?"

6

粥是家常的奶。——想到粥,脑子里忽然就蹦出了这句话。这不是别人的话,是我原汁原味自家的话。它蹦出的是那么自然,仿佛如一个大馒头,在我心里已经被蒸得恰到时候,一揭开锅盖,就散发出了成熟的气息。

在二十岁之前,我是没有喝过牛奶的。和同龄人聊天,在大多数人的记忆里,牛奶也是个毋庸置疑的奢侈名词。这种底色顽固地打在胃液中,以至于虽然到了已经不缺牛奶钱的今天,我依然无法随着潮流改弦易张,把它列为当然的主食。到超市很少买牛奶,别人送了牛奶也常常忘记喝,一天一天地在储藏室放着,往往都是到了快过期的时候才去突击,有时候实在不想喝它,就放在卫生间里用来洗脸,洗手,乃至洗澡。——昔日的短缺终于握紧了有力的拳头,带着报复的快感和不安击砸在当下契合的物质细节上。正应了那句江湖老话:"出来混,迟早是要还的。"

对我来说,粥就是胃最亲切的衣裳。家常饭里,如果说馍是硬食,面条是半硬食或者说半软食,那粥就是最为温柔的软食。是婴儿停了母乳之后的另一种奶。一日三餐,我们豫北的习惯里,早晚两餐都是要喝粥的。粥的好处不用说:容易消化,预防感冒,谢绝便秘,美容养颜……用某军阀的话说,简直是"罄竹难书"。但有一点人们却不怎么提起——它节约粮食。所以史书记载曹雪芹困顿之时,"举家食粥"。这时的粥,不是美味,是辛酸。当然,所谓的辛酸也只是对落魄的豪门而言。平头百姓从不曾朱门酒肉臭,对粥的喜爱也就是必然的幸福选择:除了少许的粮食之外,粥的另两个要素就是时间和水。对于穷人来说,这两样都是供得起的。再加上粥那些罄竹难书的好处,不喝粥的人可不就是傻子了么?

南方的粥自然是米粥。北方的粥自然也与北方大地生养的农作物息息相关。从小到大，我喝得最多的粥无非就是两样：就速度而言，分快粥和慢粥；就颜色而言，分白粥和黄粥。——有些像猜谜吧？其实谜底最是寻常：白面粥和玉米粥。

白面粥又名疙瘩汤。疙瘩疙瘩，顾名思义，粥里是一定要有面疙瘩的。这个粥的精华就在于面疙瘩的成色。刚学做这粥的时候，我总是做不出疙瘩来。一锅粥做好，盛到碗里的不过是一团匀匀的浆糊，用来刷对联或者裱鞋底倒是满够。后来在奶奶的言传身教下我才渐渐领悟了诀窍：关键在水。水必须跟面适量。适量到什么程度？要恰恰好把面搅稠。稠到什么程度？要恰恰好用一筷子就能把整团面挑起来。这不太容易。不多不少的水进入旗鼓相当的面后，得把面朝一个方向匀速旋打好一会儿才能打出一个成功的面团。面团好了，水也开了，一手持碗，在开水的哈气中将碗慢慢靠近水面，让面团缓缓地流入锅里，另一只手拿着勺子，在锅里搅拌——一定要贴着锅底搅拌，不然就会糊锅，那可就前功尽弃了。搅拌的速度对于疙瘩的形状起着至为重要的作用。搅拌得快点儿，疙瘩就成了细细的丝儿。搅拌得慢点儿，疙瘩就成了沉沉的块儿。碗空面尽之后，碗壁上肯定还残留着一些面汁儿,那就再用清水把面碗泡一下,把泡过的汁水再倒进锅里,既充实了粥锅,又不浪费粮食。再然后,静等锅里的粥汤沸起,粥便成了。前后不过五分钟。

——对了,若想要这粥好看些,便需得再打上一两个鸡蛋。鸡蛋磕在碗里朝一个方向旋打好之后,剩下的就只是下锅了。但下锅的方式也有讲究——还是那把勺子。勺子若是快,鸡蛋花就碎。从锅底儿到锅面儿,满锅都可见斑斑点点的迎春花瓣儿。勺子若是慢,鸡蛋花就成了结实一些的鸡蛋片儿,就有气势了。若是勺子干脆不动呢?那鸡蛋花就简直称得上是规模了。这时候你就看吧,酽酽的一层金菊啊,齐刷刷地铺在面汤之上。若说差点儿什么,也就是那一股菊香了。——小时候,但凡家里来了客,我家的鸡蛋白面粥都是最后一种做法。盛汤的时候,客人自然是第一碗。但见雪白的瓷碗里尽是炫目的金黄,丰盈盈地映照着主家的热忱和客人的尊贵。

相比于白面粥,玉米粥就是慢粥了。有的地方又叫棒子面粥,或是大糁子粥。正如闺女、丫头或者姑娘,各地的称呼虽然不同,本质却没有丝毫的不一样。而在我们豫北，甚至在我所知道的河南，玉米粥还有一个别致的称呼：糊涂。郑州有一家粥店的名字就叫"糊涂王"。

糊涂又分细糊涂和粗糊涂两种。玉米磨下来，细的是玉米面，粗的是玉米糁子。用玉米面熬出来的就是细糊涂，用玉米糁子熬出来的就是粗糊涂。两样糊涂都一样费时间。从水开下料到糊涂熬成，至少得半个小时。食物的香气都是有脚的。糊涂自然也是一样。从下锅不久，它的香脚就开始从锅里迈出来散步了。它的脚步声我是多么熟悉啊。细糊涂的脚步声儿要轻些，要淡些，要雅些，像读过书的小家碧玉。而粗糊涂的脚步声呢，要重得多，厚得多，野得多，像泼天辣地的柴禾妞儿。——没错，我的秉性就是更喜欢粗糊涂。它可真是顶顶粗的粗粮啊，每当端起一碗香热的粗糊涂送入口中，任它一寸一寸地吻过我的舌尖和喉咙，仿佛如小小的金色粗布去包裹我可怜的肠胃——是的，肠胃在它喜欢的美味面前就是可怜的，如同单相思的情人——我就像被小小的爱情照耀一样陶醉无比。

半个小时是底线。时间再长些，就会熬得更香些。但再长也有上限，不能超过一个小时。过了一个小时就会煳锅，那就成了糊涂——煳的糊涂了。

当然也做过很多别的家常粥：大米粥，小米粥，大米小米掺合在一起的二米粥，大米小米紫米绿豆掺合在一起的杂粮粥，银耳百合粥，冰糖银耳莲子粥，野菜粥，南瓜粥……粥粥不同，粥粥有道。但我最喜欢的，还是糊涂。喜欢它的香味，也喜欢它的名字。——这个名字是它另一种虚拟的香。我甚至觉得，只有这个名字才最能言说出粥的真谛。难道不是么？但凡是样东西，也不论是几样东西，只要是能进口的，放在锅里熬到了时辰，就都成了调养肠胃补气润肺的糊涂。粥的包容、周全和宽泛都被糊涂这个名字一收而尽了。——这个糊涂不是郑板桥的"难得糊涂"的那个糊涂。郑板桥的糊涂是太聪明太清楚太文化了。而我碗里的这个糊涂呢，它就是一种本分的厚重，就是平常日子里那种时时可见处处可得的绵长和踏实。或者说，它就是说不清道不明的日子本身。喝着它，就如同喝着又稠又稀又密又疏又紧又松又宽又窄的日子。一天天，一顿顿，糊涂喝进了肚，可怜的胃也就有了底儿。

7

有些家常饭不是在家里做的，但做出来的确实就是家常饭。比如食堂。食堂又因身份的不同而分出了学生食堂和工作食堂。因多年的学生生涯，我吃过的就只有学生食堂。托学生食堂的福，我习惯了吃米，并由习惯逐渐衍生出了喜欢。——学校食堂为了省事，最寻常的主食也就两种：以南方口味为主的是大米，以北方口味为主的是蒸面。这两种都是大锅而做，是在同一时间段可以供多人平等共吃的最不用等待的集体饭。但食堂的米都偏硬。——大约是为剩米的用途留出余地：硬大米好熬粥，也好做扬州炒饭。而我个人的口味里，更爱的是软大米饭。相比之下，刚刚出锅的软大米饭又是最好吃的。每当家里做好了米饭，我必定要拿勺子先挖一口，美其名曰尝尝生熟。这话一琢磨就是混账：哪有不熟的道理呢？我只是喜欢大米刚刚蒸熟时那沁入肺腑的鲜香。等我自己成家之后，做米饭时便有所独创：将花生铺在米上，等蒸熟时上层的米色便成红的，吃起来自然有一种花生香。还曾放过芝麻、绿豆等物，当时自感得意，家人只嘲笑我将白米饭做成八宝粥了。我也渐渐觉出还是本色的米香最好，花生芝麻绿豆也还是各自的本色香最好，便不再生发新花样，老老实实地做起白米饭来。

还曾吃过两年特别的学生食堂：2006至2008年，我在上海读了一个作家研究生班。进修地驻扎在青浦区一个名叫西岑的小镇上，前身是一所敬老院。和我们朝夕相处的门卫夫妇和几个食堂师傅便也都因地制宜，是土生土长的"本帮菜"。那些食堂的师傅们真是可爱啊，他们的厨师帽永远是白白的，围裙也永远是白白的，手艺很好，也很敬业。每一顿饭都准备得那么精心：早餐是煮鸡蛋，阳春面。每顿午餐都有鱼。学校附近就是淀山湖，多得是鱼。师傅们做的尽量不重样：油炸，红烧，清蒸，都很好吃。院子很大，门房夫妇怕空地闲着可惜，就种上了蔬菜，我们吃的菜就都是最新鲜的鲜菜了。最让我难忘的还是师傅们做的大馄饨，春天开班的时候，我们就能吃上。那时候，田野里的荠菜刚刚下来，他们采了来，一棵一棵地择净，做成大大的菜肉馄饨，那种白嫩清香，那种晶莹碧透，简直是无可形容。——我必须要公允地说：在学校给我们提供的生活费定额之内，他们做出了最好的饭菜。在我的所有学生食堂经历里，这个小镇的师傅们所做的食堂餐质量是当之无愧的冠军。

8

还有一种家常饭，就是小吃。其价廉物美，好学易做，具有超强的普适性，就是典型的家常饭的本质。人们之所以习惯把它和家常饭区别开来，不过是因为从方式上看，它是被家外一双更熟练的手做出来的而已。比如西安的羊肉泡馍，比如贵州的牛肉粉，比如新疆的馕，比如北京的切饼——

北京有一闺蜜，我每到京必在她家小住。粥和菜都是在家做的，只有饼在外面买。——她从不做饼，我也懒得铺开摊子做。我们寻常吃的就是她小区门口的切饼。那切饼的规格全北京都一样：不厚不薄，超大特圆。它没有家做的葱花油饼那么香酥，那么复杂，只有淡淡的一层豆油弥漫出一种清香的味道。如果恰巧买到刚刚出锅的切饼，那股豆油香就会因为鲜热而变得浓一些。两块八一张，还可以分开要，横切一刀竖切一刀，分成四份，每份七毛。并不因为少要就贵多要就便宜，非常公允。就着切饼吃粥，一软一韧，口感挺好，再配着海带头、绿豆芽之类的凉拌小菜，卷在饼里吃，那就是简素中的一种华丽了。

我住的小区紧挨着郑州北区的城中村黄家庵。城中村白天看来是城市的一块癞头疤，到了夜晚却像一朵奇丽的玫瑰花：每栋楼都镶着霓虹灯，因此楼体都是色彩斑斓，简直可以称之为光污染了。而在狭窄的路面上，同样也是彩光闪耀：那些流动的夜市小摊的灯便汇成了一条明亮的灯河。这些小摊依次去查看，简直就是一个河南地方小吃大全：周口的粉浆面条，开封的炒凉粉，南阳的砂锅，周口逍遥镇的胡辣汤……还有以姓氏命名的各家美食——曹记冰豆，后面注释：第十九代。李记炒酸奶，旁边注释：独此一家。香嫂凉面，旁边注释：已经九年。王记烤面筋，旁边注释：中原一绝……真个是百家争鸣，百花齐放，色色齐全，美不胜收。

在这些小摊里，有很多刀削面的摊子。三块钱便可享用一碗。老板兼任厨师和伙计。看老板一手把面扛在肩上，一手拿着刀，隔着一段距离，一片片地将面削进了锅里。整个过程很安静，没有声音。但每当看到老板的动作，我就会暗暗在心里给他配音：噜噜噜，噜噜噜，噜噜噜啊噜噜噜。火很大，面很快就要煮好了，这时候再往锅里放青菜，青菜在锅里打个旋儿，叶子软了，颜色却因水色而更加鲜碧，这时候漏勺就下锅了，将白面和青菜一起捞进暗红色的海碗里，有需要过水的便再过一下水，过水用的水须是放温了的开水，这样的面才会在筋道的同时而避免了生硬。面好之后就是浇卤，卤又分素卤和荤卤。荤卤无非是大肉或牛肉，素卤无非是鸡蛋和香菇。无论荤素，卤的颜色都比较重，类似于酱油色。于是，当面端到眼前的时候，便是这么一幅情形：暗红色的大碗，雪白的面缠绕着绿生生的菜，白面绿菜上又浇这一团圆圆的暗红色的卤。碗的暗红和卤的暗红一大一小，仿佛是一种有趣的呼应。看到这样的面，我总是要多停那么一两秒才动筷子——不太忍心去破了这幅图呢。

但最多的摊子还是麻辣串。生意好得不得了。因为好吃也好做的缘故，所以供需两旺。一般的摊子都是两个人招呼就够了。大约两米长一米宽，中间是三个热气腾腾的长方形汤池，汤池下面都坐着煤球火，并排三个火眼儿。汤池里面泡着麻辣串。其中中间的汤池是清汤，是为那些不吃辣的食客准备的。麻辣串都是些什么物件呢？无论荤素都是五毛一串。先说荤的：鸭肠、鸭血、猪肝、猪肺、鸡头、鸡胗……既要是肉，又得耐煮，那么就是这些杂碎最合适不过了。羊杂碎固然是美味，但因为它的味道过于强大，也只好被这些摊主忍痛割爱。素的呢，就多了，锅里的有海带头、油豆腐、面筋、鹌鹑蛋、木耳，现下的有各种新鲜菜蔬，还有米线、烩面和粉丝。还有些说不好是荤还是素的东西，也就是半荤半素吧：鱼丸、虾丸、蟹棒之类的，有些肉的味道，却是素的口感。还有一种最让我感觉奇怪的东西，他们都叫它干贝丝饼，圆圆的，是用面做的，面里却揉进了玉米粒，还有鱼的感觉，还有红萝卜丝和大青豆，很好吃。也是五毛钱一个。粉丝是一坨一坨的干粉丝，一坨算一个。粉丝一般分两种，有五毛钱一个的和一块钱一个的。我问老板娘区别在哪，老板娘简洁地回答我："贵的好吃，耐煮，费火。"我要的是一块钱的那种，老板娘将粉丝下进汤池去，然后将两个竹签放在我的盘子边。儿子要的烩面也是一块钱一份，老板娘将面扯好，放进汤池，也把两个竹签放在了儿子的盘边。吃麻辣串的算账方式是查签子，将吃过的串签子放在自己的盘子边，吃过之后点数即可。每个摊子都备有芝麻酱和蒜汁儿，食客可以根据自己的口味取用自便。

我们常吃的这家摊子叫重庆正宗麻辣串，老板娘是很精干的少妇。她经常是很忙碌的，偶尔闲下来，也会和我聊几句。我问她用煤球费不费，她说："费得很呢。一天要烧几十块。"我点头，她马上强调道："不是烧几十块煤球，而是要烧几十块钱，你听明白了没有？几十块钱呢。"

"昨天熬到今天早上六点才收摊，睡了四个钟头就赶紧起来进货，穿串儿，累死了。"那天，她正发着牢骚，却突然停止了，兴致勃勃地看着我背后。我转身看见一对卖烙饼的夫妇收摊之后正在路过，她大声和人家打招呼："回去啊？"

"回去。"女人怏怏地说。等他们夫妇进了黄家庵的一条小巷，她就告诉我："方才，那男的打那女的打得可欢了，他不让那个女的管钱，说女的收了钱不给他，两人就打起来了。把烙饼都掀了一地。切，还有这种男人？跟着这种男人，辛苦不算，可是倒了血霉了。"她边说边笑，有些叹息的意思，更多的却是相比之下对自己的知足和满意。

然后她系了系自己的围裙，又忙碌了起来，在忙碌中，她还哼起了不知名的小曲。

9

一天整理书架，偶然翻到一本俗语书，便找到了"吃"字：吃江水，说海话。吃惯了梅子不怕酸。吃烂肉不找小锅。吃苦瓜蘸黄连。吃亏就是占便宜。吃饭捡大碗，上场捡小杈。吃秋不吃夏，吃夏不吃秋。吃人四盘菜，还人十大碗。吃人心肝不觉疼。脸皮厚，吃个够。脸皮薄，吃不着。你拿自己当根葱，谁拿你炝锅呀！……

还有歇后语：吃瓜子儿——半吞半吐。吃萤火虫——心知肚明。吃灵芝草——一心成仙。吃了三天斋，就想上西天——功底儿还浅。吃啥样拉啥样——没话（化）。吃生盐聊天——讲闲（咸）话。吃了算盘子——心里有数……

与吃相关的字还有饭，锅，柴，米，油，盐，菜……每个字都可以衍生到吃上。真是多啊。中餐西餐，南餐北餐，大餐小餐，活着就要吃，民以食为天。这是最朴素的准则。而在这一餐一餐的饭中，不知从什么时候起，我开始渐渐感觉到了嗅觉和味蕾的死亡。没错，它们不是一下子就死去的，是慢慢死去的。如人的生命一样。时间是一只巨大无比的碗，我们都是碗里的饭。饭不是在最后一口被吃尽时才死去的。从饭入碗那天开始，饭的死亡仪式就已经揭幕了。一点一点滞涩起来的腿，一点一点昏花起来的眼，一点一点松动起来的牙，一点一点深密起来的皱纹，一点一点爬升起来的血压，一点一点加厚起来的脂肪，一点一点僵硬起来的笑肌，一点一点警惕起来的话语，一点一点关闭起来的情思……被岁月熬着，被时间熬着，一锅锅的大粥里，有几颗是煮不烂砸不扁的铜豌豆？

但还是要吃，还是得吃。只要活着。只是吃得越来越不复本色的单纯和尽兴了。在吃时也会快乐，吃饱了之后却往往会有些沮丧和难过，觉得自己似乎对不起那些食物，有隐隐的堕落感。偶尔清饿一天，就会有莫名的喜悦，似乎自己离尘世俗不可耐的烟火远了些，且远得心安理得。至于为何心安，如何理得，倒是一直混混沌沌，不怎么明白。——胃是一只大碗，它想吃的就是扎扎实实的饭。心也是一只大碗,它想吃的到底是什么呢?

关于月饼的几个词

打

八月十五月儿明呀,
爷爷为我打月饼呀。
月饼圆圆甜又香啊,
一块月饼一片情啊。
……

这首儿歌是我很小的时候听到的,迄今为止似乎也只听到过这么一首关于月饼的儿歌。第一次听我就有了疑问:为什么是打月饼呢?打月饼,月饼它不疼吗?

慢慢长大,这疑问也慢慢跟着长大:油饼是烙,煎饼是摊，这都是眼见为实的。月饼则是打，到底是怎么打的呢？

便有内行的朋友告诉我：过去做月饼很烦琐。要打馅，馅里有核桃，冰糖，这些都要打碎的。还要打皮儿，皮儿要打得很结实和筋道，需要用杠子打压。最后把准备齐整的面和馅料填到木模子里，蒸，蒸好的月饼因为热胀冷缩满满地卡在那里，要敲打半天才会出来。打，贯穿了月饼制作的整个过程。所以是打。

这说的显然是北方月饼。

木模子用的是什么木？

枣木。

为什么用枣木？

因为枣木不容易变形，还因为枣木吸油。蒸月饼要在模子里先刷油的。枣木模子吸油性好，等到打过了今年的月饼，很容易就能把它刷得干干净净，明年拿出来再用，像大理石一样，光滑润洁。绝不生虫。

打，这个动词用在这里可真好啊。那么有力量，那么有场面感，让我一听就心生欢喜。

——饮食行业里的很多动词都选得极其好，那次，我听一个名厨聊狮子头，简直是字字珠玑："狮子头是个淮扬菜，看着简单，吃着也简单，做起来可不简单。我们行内不说做狮子头，叫摔狮子头。先把肥四瘦六的五花肉切成石榴籽大小，形状均匀，不粘不连，再加入南荠丁和蟹黄，加鸡蛋、粉芡、盐和胡椒等调味料，然后用筷子搅打上劲，再烧开高汤生汆，这样一道狮子头，没有两个钟头不成。这样摔出来的狮子头也才醇厚不腻，酥嫩入口。有个老主顾，喜欢我做的狮子头，得了重病，临死前两天医生说他想吃啥就吃啥，他就让人捎话给我，说想让我再给他摔个狮子头吃。我就给他摔了个狮子头。他这走得就圆满了。"

悲伤

十六岁那年。我已经离家读书。那一年的中秋来得早，和国庆隔了几天，所以没有放假，全班同学得以在一起过节。不知道谁出的主意，最后决定到山上去过中秋之夜。山名凤凰山，与学校遥遥对望，山头满是小小的松柏。没事的时候同学们就会去山上遛一圈，那是我们的小小乐园。

黄昏时分，我们整队出发，突然有人叫我，一看，是大哥来了。他手里提的东西，大约是月饼。他说他到市里办事，顺便来看看我。我连忙把他领到宿舍，到门口才发现没拿钥匙。大哥把月饼递给我就要回去，我送他下楼，看着他的背影，当着全班同学的面突然哭了起来。任谁都劝不住。有人感叹我们兄妹情深，却没有人知道，大哥的背影让我想起了去世不久的父亲。我的父亲，他再也看不到月亮了。任何月亮。

然后，我们来到了山上。在山顶的一处平坡，我们席地而坐。月亮渐渐地升了起来，有人唱歌，有人笑闹，而我始终沉默。山下是万家灯火，头顶是皎洁月色，我的心却空旷而忧伤。我第一次感觉到，原来这象征着团圆美满的佳节，居然有着如此刺骨的凄凉。

那年中秋的月饼，是我吃过的最悲伤的月饼。我一边吃，一边哭。哭得吃不下了，就停一会儿，然后接着吃。也许是因为泪水的缘故，那月饼不好吃。可是我舍不得扔掉。怎么能扔掉呢？

后来母亲和祖母先后离世，我的悲伤都再没有那么沉痛过——也许和幸福一样，连悲伤都是第一次最为刻骨铭心。随着年龄的增长，我们的感受力会获得某种程度的减弱甚至免疫。有时候，我们把它称为坚强。

五仁

所有月饼的种类里，我最喜欢五仁。一盒月饼打开，最先寻找的就是五仁。

"五仁月饼是汉族传统糕点之一，属于广式月饼的一种，在中秋节各式月饼中最为著名。它具有配料考究、皮薄馅多、味美可口、不易破碎、便于携带等特点……边缘呈象牙色，底面棕红色；口味香甜，绵软带酥，有多种果仁香味。"

读着百度百科这样的介绍，口水都要流出来了。

莫名其妙地，这几年来，将近中秋的时候，网上都会兴起了一股讨伐"五仁"的风潮，说什么"五仁月饼太难吃，不配存活在世上"，"恨一个人又不想得罪他，就送他五仁月饼难吃死他"。这后一条让我爆笑。如果有人因此而送我五仁月饼，我会想办法让他越来越恨我呢。

为什么会这么恨五仁呢？不能理解。在这件事上，我终于明白了人和人之间就是有一种不可沟通性。

——值得欣快的是,也并不缺少知音。

"五仁月饼为什么被人嫌弃?因为它普通却成本高,因为它传统没新意,因为它默默陪伴一代又一代的人们过或凄凉或团圆的中秋节。莲蓉可以用土豆和香精制作,豆沙可以用咖啡渣和香精制作……各种水果月饼可以用坏掉的水果渣和香精制作,连黑芝麻月饼都不能保证是没染色的芝麻。只有五仁月饼,瓜子就是瓜子,花生就是花生,核桃就是核桃,冰糖就是冰糖,掰开看看怎么都造不了假。也许这就是五仁被讨厌的原因吧,现世不就这样,越实在,越被嫌弃。"

嗯,这个应答可以得满分。

酥皮

除了五仁,便是酥皮。或者说,我最喜欢的是酥皮五仁。清人袁枚《随园食单》为它做过一枚硬广告:"酥皮月饼,以松仁、核桃仁、瓜子仁和冰糖、猪油作馅,食之不觉甜而香松柔腻,迥异寻常。"

酥，本身就是一个非常美好的词。酥脆，酥麻，酥软，酥松，酥甜，酥香……都是酥美。吃酥皮的时候，眼看着那些酥皮如雪花般落下来，落在桌子上，衣服上，我都会珍惜地捡起来，一点一点很有耐心地把它们吃掉，统统吃掉。这么吃的时候，我觉得自己非常丰足和富有。

曾在毕淑敏那里读到过一个酥皮月饼的故事：某村张老汉祖传打月饼的手艺，尤其是酥皮和自来红。酥皮就是酥皮，自来红么，就是冰糖加上红丝，比酥皮贵点硬点。张老汉从大年初一开始打月饼，却不急着卖，立秋之后才赶集，让月饼上市。因对于穷人们而言，月饼是很奢侈的零食，不到节下他们就不会买。尤其是八月十四，张老汉的月饼就卖到了高潮。这一年，因天灾，庄稼歉收，穷人更穷，张老汉的月饼没有卖完，回家的夜路上，又遇到了劫匪。张老汉颇有功夫，躲过了劫匪的袭击，并用防身利器反击："只把匪人的眉棱处削掉一角，顿时鲜血封了他的眼。"

劫匪讨饶，同时求饼。原来打劫只是为了月饼，因他从没有尝过张老汉的月饼。张老汉就给了劫匪一块自来红。——重点来了。"此匪走了几步，又回转身来，道：

'爷爷只给了小的自来红,还没给酥皮呢。'张老汉叹了口气说:'酥皮你已经吃过了。'匪徒说:'爷爷一定是记错了。'张老汉说:'哪里会记错!刚才打你,用的就是酥皮。要是换了自来红,你早就没命了。'"

打人用便宜的酥皮,送人则是贵的自来红。这故事讲得真是让人爱。当然我也爱极了故事里的张老汉。

沉

又是一年中秋在即,又到了吃月饼的时候。一晃已经吃了四十多年的月饼,已然人到中秋。在我之前,有多少人吃过多少月饼呢?南宋吴自牧《梦粱录》里有了"月饼"一词,明代的《西湖游览志余》对中秋赏月吃月饼有了记载,"八月十五日谓之中秋,民间以月饼相遗,取团圆之义",而到清代,中秋吃月饼已成为民间风俗……如若把《春江花月夜》里的"江月"改为"月饼",这几句就变成了这样:"人生代代无穷已,月饼年年只相似。不知月饼待何人,但见长江送流水。"

离中秋还有一个月,就已经开始收到月饼。好利来,稻香村，香雪儿，元祖；蛋黄，枣泥，火腿，鲜花……各种各样的牌子和品类从天南海北汇寄过来，大都是杂志社和出版社的心意。

不由得想起小时候的月饼。中秋节是个仅次于春节的大节日，要走一些重要的亲戚。月饼很贵，先供走亲戚用。没有什么精致的包装，不过是牛皮纸包好，最上面封上一块红纸，红纸上大多没字，讲究些的才有字。若是两个字便是"月饼"，若是四个字便是"中秋月饼"，更高级些的是红纸上还印图，不是"花好月圆"便是"嫦娥奔月"。我们便是拎着这样的月饼走亲戚，走完了亲戚也便到了八月十五，剩下的月饼才可以吃。它们已经变得硬邦邦的，但到底是月饼。一家人围着，每个人分半块。

奶奶经常只吃一点。

"不能多吃，沉。"她说。

沉，是形容词，也是动词。沉在胃里，不走。

那时候真是小啊，根本不怕"沉"，总怕没的吃，便吃了玩，玩了吃。还会很腹黑地藏起来了一些，留着以后偷偷吃。

如今早不再藏了。琳琅满目的月饼被包装得新雅奇巧,每年都早早来吊我的胃口。因是中秋,因是月饼,总带着些和月有关的文艺范儿:"月是故乡明""月光曲""岁月静好"……然而,却再也吃不了多少月饼了。因知道了什么是"沉"。

——月饼本身沉于胃,月饼之外的东西,沉于心。

对话，有关椰子和椰树

1

那天晚上，作为一个第一次到海南的北方人，在海口的骑楼老街，我吃到了生平第一只椰子。在海口，这样的椰子摊处处可见。黄的，绿的，黄红的，黄绿的，深绿的，嫩绿的……椰子一堆一堆地码在一起，体积硕大，沉着饱满，那种情态和阵势，像极了北方的西瓜。别的水果和它们比起来，简直是相形见"微"。

我蹲在那里，看老板娘砍椰子。她举着砍刀，梆，梆，梆，真是大刀阔斧。三下五除二，椰子就被砍出了一个小口。她把吸管插上，递给我。我又把吸管拔出来，看着小口处隐隐闪现出来的清亮汁液，那汁液，像是翡翠深处晃动的露珠。

喝到椰汁的第一口,我很惊诧,怎么是这种味道?淡淡的甜,淡淡的清,淡淡的爽,淡淡的顺,淡淡的滑,淡淡的香……

"椰汁……是这样的?"我问朋友。

"可不就是这样的?你以为是什么样的?"

"我以为,会像牛奶一样……"我没好意思说我以为会像电视上的椰奶广告做的那样,是稠糊糊的牛奶状。我想象中的椰汁,一直就是那样。唉,都是广告下的毒啊。

朋友笑:"好多人都以为椰汁是那样的。"

我释然。原来不是我一个人蠢。之后又不觉辛酸起来:原来被广告下毒的人,是这样多。

"多少钱一只,老板?"

"五块。"

我暗暗惊叹。这真的太便宜了。原想着怎么也得十块以上呢。

"一只椰子,你们能挣一半吗?"

"挣不到。椰子是不贵的,但是运进城要转好几次手,就贵起来了。一只赚不到两块钱。"

那真是太少了。

不过，好在椰子很多。好在吃椰子的人也很多。

"以前，我们的椰子都是捡着吃的，根本不用花钱。"朋友说，"后来，就要五毛钱，一块钱，一块五，两块，三块，四块，五块。三亚那边的会更贵一些。但无论如何，我都觉得，它是值得的。"

吃光了椰汁，再吃椰肉。老板就继续用刀砍，只听大大地"梆"了一下，椰子一分两瓣，雪白的椰肉露了出来。老板又拿出一把小小的特制的弯刀，刷刷刷地把椰肉挑了出来。然后呢，就吃吧。椰肉也根据软硬的程度而呈现出不同的口感。硬的像萝卜丝，软的像豆花，不软不硬的像老豆腐。所有的椰肉，都有一种淡淡的奶味儿。

我明白过来：电视广告里说的椰奶，就原料的意义而言肯定说的就是椰肉。

2

那天，我们抵达文昌。这里到处都是无边无际的椰子树。村庄，田野，城镇……都被椰子树环绕着，簇拥着。椰子树成了森林，海一般的森林。

"海南椰子半文昌，文昌椰子半东郊。"朋友说，"这名头可不是虚传的。"

晚上，我们住进了椰林深处的一处度假村。在大堂等房卡的时候，朋友又喊着去吃椰子。在酒店的大堂门口，就有一个服务员在专卖椰子。

"明天上午我们去吃刚从树上摘下的椰子，一定更好吃。"朋友说。

为什么呢？

"你想一想，一天里，你什么时辰精神最好？是不是早上？"

可是，和椰子好吃有什么关系呢？

"椰子也和人一样，睡了一夜，精神就会更好。椰汁的质量当然就更高。"

我看着那高高的椰子树。我们正坐在椰子树下。事实上，在这里，想不坐在椰子树下都不行。

"椰子要是熟了，会自己掉下来吗？"

"会。"

"会砸到人吗？"

"不会。"

"如果椰子树下正好站着人呢?"

"那也不会,"朋友比划出一个曼妙的抛物线,他从来没有那么幽默过,"椰子会躲开人再掉下去的。"

"为什么?"

"因为椰子有灵性。再说它也和人签了合同。"

"万一砸中呢?"

"不会。"

"万一万一呢?"

"那一定不是椰子的问题,而是人的问题。"

我们一起笑。是啊,椰子有什么问题呢?一定是人的问题。

3

那天,和朋友在万泉河漂流的时候,两岸不时闪现出极少的椰子树,都是一株两株孤零零的,看着很是寥落和可怜。

"这些地方肯定都没有人家。"朋友说,"你注意看吧,有人家的地方,椰子树就会长得很好。有人家的地方，也一定会种椰子树。有很多地方，结婚的时候要种夫妻椰，生孩子的时候要种子女椰，迁新宅的时候要种地界椰。"

"是因为人会特别照顾它么？"

"也不需要特别照顾。只是椰树需要这种人气。有人气的地方椰子树才有兴致长。它们就像女孩子，需要人们来欣赏它们，人们欣赏了它们，它们就会越长越精神。不然它们就觉得好没有意思。椰树们聚集在人们周围，长着长着还会比起来。你长成这样，我就长成那样。你长这么高，我就长那么高。你结了这么大，我就结那么大。你是这个味儿，我就是那个味儿……人呢，要乘椰树的阴凉，吃椰树的果子，自然也需要椰树的树气。要说照顾，人和椰树是互相照顾的关系。——人养椰，椰养人，是互相养的。"

在我的老家豫北，有一种说法，是人养房子，房子也养人，也是互养的。原来在海南，椰树就是房子——高高的、绿色的房子。

"我老家院子里，我妈也种了几棵椰子树。它们都长得很好。种下来我妈几乎就没有管过它们，不用浇，不用修，不用捉虫子，还管什么？唯一算是管的，就是每年会给它们的树根下埋上二三两盐,这就是它们一年的肥料了……要是长在海边的椰子树,连这点肥料也不需要。"

那天晚上,我们照例吃了椰子。那个椰摊所在的地方是一个丁字口,在丁字的横竖交叉处,是一个天后宫,也就是妈祖庙。在竖的尽头,搭着一个戏台。戏台最上方挂着一个大红横幅,喜气盈盈地写着两行字,上面是"纪念妈祖诞辰1053周年",下面是"举行传统海南琼剧汇演活动"。而在妈祖庙的门口也挂着一个黄色横幅,上面写着:"隆重欢迎湄洲妈祖祖庙分灵翡翠妈祖驻跸海南"。

我们拍下它们。微笑。

坐在妈祖庙前,我们一边吃着椰子,一边远远地看着戏。深蓝的夜空下,那个舞台流光溢彩,每个人物都光鲜可人,听着他们拖着长长的腔韵唱着我一句也听不懂的琼戏,我觉得如同梦幻。

那天晚上的那只椰子,我吃了很久。看着许多人来来去去,我和朋友就那么坐在那里,慢慢地吃着。梆梆梆的砍刀声不时响起,砍好了,食客们就抱着椰子坐下来,用吸管慢慢地喝着——很少见到有人抱着一只椰子在大街上边走边吃，那实在是太沉了。

4

那些天，在海南，口渴的时候，我没有喝过椰子之外的任何饮品。

"喝那些干吗？不是有椰子么？"

"那就一直吃椰子？"

"当然。来海南，你不吃椰子不是傻么？"朋友不容置疑，"椰汁是天上的水。地道的海南人都喝椰子。没有比这更好的饮料了。这是老天赐给海南最好的礼物。还有什么能比这个更好？"

是啊，还有什么能比这个更好？这是真正的纯天然，无污染，绿色的，健康的，天上的水。我看着高高的椰子树，应该都有二十多米高吧？谁会爬上去给它打农药呢？何况椰子根本不需要。那是对椰子的侮辱。

它是有固定容器的甘露。

它是有特别杯盏的甘霖。

那么，别无选择了，椰子。于是，一只椰子，一只椰子，又一只椰子。于是，越喝越爱喝，于是，越爱喝越喝。于是，几乎是贪婪地喝。

"你知道你为什么这么喜欢椰子么？"那天，朋友悠悠地问。

"椰子好呗。"

"因为你和椰子很有缘。"

"怎么有缘？"

"你看你，脑袋圆圆的，脸盘圆圆的，眼睛圆圆的，本身就是一颗好椰子。"

那天，我们住在博鳌镇的玉带湾酒店，一进房间我就看见有一只椰子在尽心尽意地等着我。它已经被打开了，但开口那里还羞涩地掩着。我把开口彻底打开，插进吸管，深深地喝了几口，沉沉睡去。第二天早上醒来，我又抱着椰子咕咚咕咚地喝了起来。听着吸管的声音，我知道里面的椰汁越来越少，越来越少。那些椰汁都进入了我的腹中——真的感觉自己成了一只椰子。

5

那天,在潭门镇看砗磲,天气大热。看见了炒冰店,就和朋友去吃炒冰。我们要的是芒果炒冰——这芒果是货真价实的芒果,而不是化学元素变出的水果精,味道真是好。炒冰端上来,上面白白的如萝卜丝一样的东西吸引了我,我先挑了几根吃下去,觉得这东西是如此熟悉。于是想了又想,想了又想,终于想了起来:是椰肉。

第二天的早餐,又见到了椰肉。它被卷在了一张张薄薄的面皮里。丝切得很细,看起来很秀气,都有些不像它了。但我的味蕾已经和它成了好友,在触到的第一个瞬间就确认了它的本质。我似乎听见我的味蕾在说:"是你呀?"而椰肉也喜悦回答:"是我。"

"椰肉和椰汁不用说了。因为这两样,人们没什么吃的时候就吃椰子,有什么吃的时候还吃椰子。椰壳呢,你也看见了,能做很多工艺品,还能做乐器,还能做活性炭。椰壳和椰肉之间的纤维看见了没有?能做扫帚,毛刷,缆绳,棕床,这些东西都可以在海上用。椰树是吃着海水迎着海风长起来的,用它做原料的物事都不怕海水腐蚀……"

那天黄昏，在海边，喝着椰汁，吃着椰肉，朋友散散淡淡地对我普及着椰子常识，我边听边用手机在网上搜索，看到极有趣的两条，其一来自《古今注》，乌孙国有青田核，形状如桃核，核大数斗，剖开后用来盛水，则水变成酒味，极为醇美。饮尽随即注水，随注随成……其二却无出处，听起来像是传奇："椰壳，可作盛酒的器具，若酒中有毒，则酒沸起或壳破裂。"

"椰树也是浑身是宝。椰肉还可以加工成椰油。椰叶不仅仅是好看，还能做编织。椰花的花苞还能酿椰花酒呢，椰树的树根也是很好的药材……"

椰子，是椰树的孩子。椰树，是海南的省树。起初，我暗暗怀疑，椰树之所以能获此殊荣，是母凭子贵。至此方才明白，如果说椰子是完美之果，那么椰树就是完美之树。它不仅仅意味着吃食、饮品、用具，意味着最朴素最世俗的美，同时也是歌吟，是画卷，是最闲情逸致的表达。既是那么柴米油盐酱醋茶，又是那么琴棋书画诗酒花。——很多树是没有果实的。或者说，没有实用的果实。但在海南，这椰树，这家常最日常最寻常的树，这和此地的人们最息息相关的树，它真是最美丽又最实用的树，真是最泼皮又最厚道的树。

我沉默着,看着高高的椰树。那巨大的伞状椰冠正迎风起舞,轻盈地舒展着,酷似绿色的礼花。——这礼花不同于那些虚华的礼花,这意味着绿荫、果实和诸多礼物的礼花永远不会转瞬即逝,永远在盛放。

6

最后两天是在三亚,椰子价格飞快地涨起来。由十块涨到十二,又涨到十五,我们喝的最贵的一只椰子,是在寿比南山的那个南山里。我们在观音苑酒店的大堂闲坐,背靠南山,眼前是南海,海风习习,海岸边的椰树摇曳生姿,椰叶婆娑,不远处的海面上,是一百零八米高的南海观音,俯视众生,盛大庄严。

椰子二十四块钱一只。我一边吃着此次海南之行最贵的也是最后一只椰子,一边对朋友历数这几天我一共吃了多少只椰子:红椰,绿椰,黄椰,晨椰,午椰,晚椰……数了半天也没有数清。

"吃了这么多椰子,再对椰子说句什么吧。"朋友道。

"日啖椰子一两只,不辞长作海南人。"我笑。

我们慢慢地吃着椰子,看看近在咫尺的南海观音,我忽然想起很久以前的那首歌《外婆的澎湖湾》:

> 晚风轻拂澎湖湾,
> 白浪逐沙滩。
> 没有椰林缀斜阳,
> 只是一片海蓝蓝。
> ……

"海南如果没有椰树,如果没有椰子,那真是不可想象。所以,椰树还有两个名字,"朋友说,"一是生命树,二是宝树。"

"好名字。真配。"我说。

"所以,那年全民评选省树,一百零四万张选票,椰树得了七十多万张。"

"还不够多。那二三十万人都想什么呢?"

我们一起笑起来。

——海南岛,还有一个名字,叫椰岛。

必须承认,海南除了男人和女人之外,还有一类人，他们的名字就叫椰树。一方水土养一方人。椰树，就是海南这方水土的人。他就是一个个男人，她也是一个个女人，就是海南大地上一切劳动生息的人们中的不可分割的重要存在——以植物的形式，最特别的存在。

也因此，在海南生活的这些人，其实也都可以被称为椰子：椰树之子，和椰子之子。

据说椰树的寿命会达到八十年以上。和人一样。

祝它活得更长。它应该比人活得更长。

图书在版编目（CIP）数据

以路之名 / 乔叶著. — 郑州：海燕出版社，
2024.1
ISBN 978-7-5350-9155-0

Ⅰ.①以⋯ Ⅱ.①乔⋯ Ⅲ.①散文集-中国-当代
Ⅳ.①I267

中国国家版本馆CIP数据核字（2023）第043540号

以路之名
YI LU ZHI MING

出 版 人：李 勇	责任校对：李培勇
选题策划：李喜婷	责任印制：邢宏洲
责任编辑：李喜婷 刘 嵩	装帧设计：微言视觉丨沈慢
美术编辑：谢 珂	

出版发行：海燕出版社
地址：河南自贸试验区郑州片区（郑东）祥盛街27号　邮编：450016
网址：www.haiyan.com
总编室：0371-63932972　发行部：0371-65734522
经　销：全国新华书店
印　刷：天津鸿彬印刷有限公司
开　本：787毫米×1096毫米　1/32
印　张：9
字　数：144千字
版　次：2024年1月第1版
印　次：2024年1月第1次印刷
定　价：68.00元

如发现印装质量问题，影响阅读，请与我社发行部联系调换。